LA HIERBA ROJA

colección andanzas

Obras de Boris Vian
en Tusquets Editores

BORIS VIAN
LA HIERBA ROJA

Traducción de Jordi Martí

TUSQUETS
EDITORES

Título original: *L'herbe rouge*

1.ª edición: junio de 1990
2.ª edición: septiembre de 1998
3.ª edición: junio de 2015

© de la traducción: Jordi Martí, 1990
Diseño de la colección: Guillemot-Navares
Reservados todos los derechos de esta edición para
Tusquets Editores, S.A. - Avda. Diagonal, 662-664 - 08034 Barcelona
www.tusquetseditores.com
ISBN: 978-84-7223-173-3
Depósito legal: B. 33.435-1998
Impreso por Book Print Digital, S.L.
Impreso en España

Indice

1

El viento, tibio y adormecido, empujaba una brazada de hojas contra la ventana. Wolf, fascinado, contemplaba el pequeño rincón de luz que el retroceso de la rama descubría periódicamente. De pronto se estremeció sin motivo, apoyó las manos en el borde de su mesa y se levantó. Al pasar, hizo crujir la tabla del parquet que siempre crujía y, para compensar, cerró la puerta silenciosamente. Bajó por la escalera y, cuando se encontró fuera, sus pies se posaron en el camino enladrillado, bordeado de ortigas bífidas, que llevaba al Cuadrado a través de la hierba roja de la región.

A cien pasos, la estructura gris de la máquina desollaba el cielo y lo cercaba de triángulos inhumanos. El mono de Saphir Lazuli, el mecánico, se agitaba como un gran abejorro pardusco cerca del motor. Saphir estaba dentro del mono. Wolf le llamó desde lejos y el abejorro se incorporó y resopló.

Alcanzó a Wolf a diez metros del aparato y terminaron juntos el camino.

—¿Viene a probarlo? —preguntó.

—Me parece que ya va siendo hora —dijo Wolf.

Miró el aparato. La cabina estaba levantada, y entre los cuatro sólidos pies se abría un profundo pozo. Contenía, dispuestos en buen orden, los elementos destructores que se irían ajustando automáticamente uno tras otro, a medida que se fueran desgastando.

—Con tal de que no tengamos averías —dijo Wolf—. Después de todo, también puede ser que no resista. Está calculado con poco margen.

—Si tenemos una sola avería con una máquina como ésa —gruñó Saphir—, aprendo brenuyú y no hablo otra cosa en toda mi vida.

—Yo también aprenderé —dijo Wolf—. Tendrás que hablar con alguien, ¿no?

—Déjese de historias —dijo Lazuli, excitado—. El brenuyú no nos corre ninguna prisa. ¿Lo ponemos en marcha? ¿Vamos a buscar a su mujer y a mi Folavril? Esto tienen que verlo.

—Sí, tienen que verlo —repitió Wolf sin demasiada convicción.

—Cojo la moto —dijo Saphir—. Estoy de vuelta en tres minutos.

Se montó en el pequeño *scooter*, que partió gruñendo y traqueteando por el camino enladrillado. Wolf se quedó solo en el centro del Cuadrado. Los altos muros de piedra se erguían netos y precisos a varios centenares de metros.

Wolf esperaba, de pie ante la máquina, en medio de la hierba roja. Hacía varios días que los curiosos habían dejado de acudir; se reservaban para la inauguración oficial, y mientras tanto preferían ir al Eldorami a ver a los boxeadores locos y al exhibidor de ratas envenenadas.

El cielo, bastante bajo, relucía sin ruido. Por el momento, subiéndose a una silla se podía tocar con la mano; pero bastaba una ráfaga de aire, un cambio de viento, para que se retrajera y se elevara hasta el infinito...

Se acercó al cuadro de mandos y sus manos laminadas comprobaron su solidez. Tenía, como siempre, la cabeza ligeramente inclinada, y su perfil duro se recortaba sobre la chapa, menos resistente, de la caja de control. El viento le ajustaba al cuerpo la camisa blanca y el pantalón azul.

De pie, un poco aturdido, esperaba el regreso de Saphir. Así, simplemente, empezó todo. Era un día normal y corriente; sólo un observador avezado habría podido reparar en los hilos dorados que agrietaban el azul del cielo, encima mismo de la máquina. Pero los ojos pensativos de Wolf soñaban por entre la hierba roja. De vez en cuando se oía el eco fugitivo de un coche tras el muro oeste del Cuadrado, que bordeaba la carretera. Los sonidos llegaban lejos, porque era día de descanso y la gente se aburría en silencio.

Entonces se oyó el hipo del motor de la moto por el camino enladrillado; pasaron algunos segundos y Wolf, sin volverse, percibió a su lado el rubio perfume de su mujer. Levantó la mano y su dedo pulsó el contacto. El motor se puso a girar silbando suavemente. La máquina vibraba. La cabina gris volvió a su lugar encima del pozo. Nadie se movía. Saphir tenía cogida de la mano a Folavril, que ocultaba sus ojos tras un enrejado de cabellos dorados.

11

2

Seguían los cuatro mirando la máquina cuando se produjo un chasquido duro, en el momento en que el segundo elemento, sujeto por los garfios del elemento de cabeza, lo sustituyó en la base de la cabina. El balancín, rígido, oscilaba sin choques ni sacudidas. El motor había alcanzado su régimen óptimo y el escape abría una larga ranura en el polvo.

—Funciona —dijo Wolf.

Lil se apretó contra él y él sintió, a través de la tela de su pantalón de trabajo, el elástico que ceñía las caderas de ella.

—Bueno —dijo Lil—, te tomas unos días de descanso, ¿no?

—Tengo que seguir viniendo —dijo Wolf.

—Pero ya has hecho el trabajo que te encargaron... —dijo Lil—. Ahora, se acabó.

—No —dijo Wolf.

—Wolf... —murmuró Lil—. Entonces... Nunca...

—Luego... —dijo Wolf—. Primero...

Titubeó, y después continuó:

—En cuanto haya hecho el rodaje —dijo—, la probaré.

—¿Qué demonios quieres olvidar? —preguntó Lil, irritada.

—Cuando no se recuerda nada —dijo Wolf—, todo debe de ser muy distinto.

Lil insistió.

—Pero tienes que descansar... Me apetecen tanto dos días de mi marido... —dijo a media voz, con una buena dosis de sexo en la entonación.

—Mañana me quedaré contigo —dijo Wolf—. Pero pasado mañana ya estará bastante acelerada y tendré que regularla.

A su lado, Saphir y Folavril, abrazados, permanecían inmóviles. Por primera vez, Saphir se había atrevido a posar sus labios sobre los de su amiga, y conservaba su sabor a frambuesa. Tenía los ojos cerrados, y el ronroneo de la máquina bastaba para transportarlo a otra parte. Y luego miró la boca de Folavril y sus ojos rasgados, con los rabillos hacia arriba, como ojos de cierva-pantera, y de repente sintió la presencia de alguien más. Ni Wolf ni Lil... Un extraño... Miró. A su lado, un hombre les observaba. El corazón le dio un brinco, pero no hizo amago de moverse. Esperó, y luego se decidió a restregarse los ojos. Lil y Wolf hablaban. Oía el murmullo de sus palabras... Se apretó con fuerza los ojos hasta ver manchas luminosas, y los volvió a abrir. Nadie. Folavril permanecía apretujada contra él, casi indiferente... ni él mismo tenía conciencia clara de lo que estaban haciendo.

Wolf alargó el brazo y cogió a Folavril del hombro.

—De todos modos —dijo—, tú y tu pollito venís a cenar a casa esta noche.

—¡Oh, sí...! —dijo Folavril—. Y, por esta vez, dejará usted que el senador Dupont cene con nosotros... ¡Siempre está en la cocina, el pobre!

—Reventará de la indigestión —dijo Wolf.

—¡Magnífico! —dijo Lazuli, esforzándose por parecer alegre—. Quiere decir que será una comilona.

—Contad conmigo —dijo Lil.

Le gustaba Lazuli. Tenía un aspecto tan juvenil.

—Mañana —dijo Wolf a Lazuli— tendrás que venir tú a vigilar todo esto. Yo me voy a tomar un día de descanso.

—De descanso no —murmuró Lil restregándose contra él—. De vacaciones. Conmigo.

—¿Podré acompañar a Lazuli? —preguntó Folavril.

Saphir le apretó con dulzura la mano para expresarle su agradecimiento.

—Ah —dijo Wolf—, de acuerdo, pero nada de sabotajes.

Otro chasquido brutal y la pestaña del segundo elemento extrajo el tercero de la reserva.

Dieron media vuelta. Cansados como después de una gran tensión. En el aire del crepúsculo distinguieron la silueta gris y velluda del senador Dupont, que, recién liberado por la criada, corría a su encuentro maullando a pleno pulmón.

—¿Quién le ha enseñado a maullar? —preguntó Folavril.

—Marguerite —repuso Lil—. Dice que le gustan más los gatos, y el senador no sabe negarle nada. Y eso que maullar no le hace ningún bien a su garganta.

Por el camino, Saphir cogió de la mano a Folavril y se volvió dos veces. Había tenido de nuevo la sensación de que un hombre les seguía para espiarles. Seguro que eran los nervios. Restregó su mejilla contra los largos cabellos de la muchacha rubia que caminaba a su mismo paso. Lejos, a sus espaldas, la máquina seguía murmurando en el cielo inestable, y el Cuadrado estaba muerto y desierto.

3

Wolf eligió un hermoso hueso de su plato y lo depositó en el del senador Dupont, que estaba sentado frente a él, en el lugar de honor, con una servilleta elegantemente anudada en torno a su cuello sarnoso. El senador, en el súmmum del júbilo, esbozó un ladrido jovial que transformó en un maullido soberanamente modulado al sentir todo el peso de la mirada irritada de la criada. A su vez, ésta presentó su ofrenda. Una gran bola de miga de pan, amasada por dedos bien negros, que el senador engulló con un sonoro «glop».

Los otros cuatro hablaban, típica-conversación-de-mesa, pásame el pan, no tengo cuchillo, préstame la pluma, dónde están las canicas, tengo una bujía que no me funciona, quién ganó en Waterloo, *honni soit qui mal y pense,* y las vacas serán ribeteadas al centímetro. Todo ello en muy pocas palabras, pues, en definitiva, Saphir estaba enamorado de Folavril, Lil de Wolf, y viceversa para conservar la simetría de la historia. Y además Lil se parecía a Folavril, ya que ambas tenían el cabello largo y rubio, labios como para besarlos y el talle esbelto. Folavril lo tenía más alto, gracias a sus piernas perfeccionadas, pero Lil exhibía unos hombros más hermosos y además Wolf se había casado con ella. Sin el mono pardusco, Saphir Lazuli parecía mucho más apasionado: era la primera fase, bebía vino sin agua. La vida estaba vacía y no era nada triste, si se estaba a la expectativa. Para Wolf. Para Saphir, era desbordante e incalificable. Para Lil, corolaria. Folavril no pensaba. Vivía, simplemente, y era dulce, merced a sus ojos de cierva-pantera con esos rabillos.

Alguien servía y retiraba los platos, Wolf no sabía quién. No podía mirar a un criado, le daba vergüenza. Sirvió vino a Saphir, que éste bebió, y a Folavril, que se rió. La criada salió y volvió del jardín con una lata de conservas llena de una mezcla de tierra y agua que intentó hacer tragar al senador Dupont para hacerle rabiar. El senador armó un jaleo de mil demonios, conservando sin embargo el suficiente control de sí mismo como para maullar de vez en cuando como un buen gato doméstico.

Al igual que la mayoría de las acciones que se repiten día tras día, la cena no tenía una duración perceptible. Transcurría, eso era todo. En una hermosa sala de paredes de madera barnizada, con grandes ventanales de cristal azul, con el techo cruzado por vigas rectas y oscuras.

El suelo, embaldosado de color naranja pálido, se inclinaba en una ligera pendiente hacia el centro, lo que daba más intimidad al ambiente. Sobre una chimenea de ladrillos a juego con las baldosas campeaba el retrato del senador a la edad de tres años, luciendo un hermoso collar de cuero con incrustaciones de plata. Flores de espiral del Asia Menor adornaban un jarrón transparente; por entre los tallos abollados nadaban pececillos de los Mares. Por la ventana se veían los largos regueros de lágrimas del crepúsculo en las negras mejillas de las nubes.

—Pásame el pan —dijo Wolf.

Saphir, sentado frente a él, alargó el brazo derecho, cogió la cesta y se la tendió con el brazo izquierdo: ¿por qué no?

—No tengo cuchillo —dijo Folavril.

—Préstame la pluma —repuso Lil.

—Dónde están las canicas —preguntó Saphir.

Luego guardaron silencio unos instantes, pues lo dicho ya bastaba para mantener la conversación durante el asado. Además, aquella noche, por ser de gala, no se comía asado; un gran pollo dorado a la hoja cloqueaba en voz baja en el centro de una bandeja de porcelana de Australia.

—Dónde están las canicas —repitió Saphir.

—Tengo una bujía que no me funciona —apuntó Wolf.

—¿Quién ganó en Waterloo? —espetó, sin previo aviso, el senador Dupont, quitándole la palabra de la boca a Lil.

Esto originó un segundo silencio, pues no estaba previsto en el programa. Hasta que se elevaron, en plan de exhibición, las voces conjugadas de Lil y Folavril.

—*Honni soit qui mal y pense...* —afirmaron con gran calma.

—Y las vacas serán ribeteadas al centímetro, dos veces —respondieron Saphir y Wolf en canon perfeccionado.

Sin embargo, era evidente que pensaban en otra cosa, ya que sus dos pares de ojos habían dejado de hacer juego.

La cena prosiguió, pues, en medio de la satisfacción general.

—¿Seguimos con la fiesta? —propuso Lazuli a la hora de los postres—. No me apetece nada subir a acostarme.

Su habitación ocupaba la mitad del segundo piso, y la de Folavril la otra mitad. Cosas del azar.

A Lil le habría gustado acostarse con Wolf, pero pensó que quizás a Wolf le divertiría. Le relajaría. Le distraería. Le emocionaría. Ver a sus amigos. Le dijo:

—Telefonea a tus amigos.

—¿Cuáles? —preguntó Wolf, descolgando ya el aparato.

Se enteró de cuáles se trataba, y éstos no se negaron. Lil y Folavril sonreían, mientras tanto, para animar el ambiente.

Wolf colgó. Creía haber complacido a Lil. Como por pudor ella no siempre lo decía todo, él no acababa de entenderla.

—¿Qué vamos a hacer? —dijo—. ¿Lo mismo que otras veces? ¿Discos, botellas, baile, cortinas rasgadas, lavabo atascado? En fin, tú sabrás por qué te gusta, mi querida Lil.

Lil tenía ganas de llorar. De ocultar el rostro en un buen montón de plumón azul. Pero se tragó, no sin esfuerzo, su tristeza, y le dijo a Lazuli que abriera el mueble-bar, para estar contenta igual. Folavril entendía más o menos lo que pasaba y se levantó; al pasar le apretó la muñeca a Lil.

La criada, a modo de postre, llenaba a cucharaditas la oreja izquierda del senador Dupont con mostaza Colman domesticada, y el senador sacudía la cabeza por miedo a que un movimiento opuesto, de la cola, fuera interpretado como una muestra de afecto.

20

Lil eligió una botella de color verde claro de entre las diez que acababa de extirpar Lazuli y se sirvió un vaso lleno hasta los bordes, sin dejar espacio para el agua.

—¿Una copa, Folle? —propuso.

—Cómo no, amiga mía —dijo Folavril.

Saphir desapareció en dirección al cuarto de baño para dar un repaso a ciertos aspectos de su atuendo. Wolf miraba por la ventana del oeste.

Una tras otra, las franjas rojas de las nubes se iban apagando, con un murmullo ligero como el chirrido del hierro candente en agua. Durante un segundo, todo permaneció inmóvil.

Al cabo de un cuarto de hora llegaron los amigos invitados a esa fiesta tan divertida. Saphir salía del cuarto de baño, con la nariz roja de tanto frotársela, y puso el primer disco. Había música suficiente hasta las tres y media o las cuatro. Allá abajo, en medio del Cuadrado, la máquina seguía gruñendo, y el motor perforaba la noche con su pequeña luz entumecida.

Quedaban dos parejas bailando, una de ellas formada por Lil y Lazuli. Lil estaba contenta: la habían estado invitando toda la velada, y, con la ayuda de algunas copas, todo había transcurrido de la mejor manera. Wolf los miró un momento y se deslizó afuera, para meterse en su despacho. Allí, en un rincón, colocado horizontalmente sobre cuatro pies, había un gran espejo de plata pulimentada. Wolf se acercó y se tendió sobre él cuan largo era, el rostro contra el metal, para hablar de hombre a hombre. Ante él, un Wolf de plata esperaba. Apretó con sus manos la fría superficie para cerciorarse de su presencia.

—¿Qué te pasa? —preguntó.

Su reflejo hizo un gesto de ignorancia.

—¿Qué te apetece? —prosiguió Wolf—. No está nada mal el ambiente por aquí.

Su mano se acercó a la pared y accionó el interruptor. La habitación se sumió de repente en la oscuridad. Sólo la imagen de Wolf permanecía iluminada. Recibía la luz de otra parte.

—¿Cómo es que siempre consigues arreglártelas? —insistió Wolf—. Y además, ¿qué es lo que te arreglas?

El reflejo suspiró. Un suspiro hastiado. Wolf se sonrió, sarcástico.

—Eso es, quéjate. No hay nada que funcione, en

resumidas cuentas. Vas a ver, pobre imbécil. Voy a meterme en esa máquina.

Su imagen pareció bastante contrariada.

—Aquí —dijo Wolf—, ¿qué es lo que veo? Brumas, ojos, gente... polvo sin densidad... y ese maldito cielo como un diafragma.

—Tranquilo —dijo con toda claridad el reflejo—. Por decirlo de algún modo, nos estás tocando los huevos.

—Es decepcionante, ¿no? —se burló Wolf—. ¿Tienes miedo de que me sienta decepcionado cuando lo haya olvidado todo? Es preferible sentirse decepcionado a seguir esperando en el vacío. De todos modos, hay que saber qué pasa. Por una vez que se presenta la ocasión... ¡Pero contéstame, joder!

Su interlocutor seguía mudo, con expresión de desacuerdo.

—Y además la máquina no me ha costado nada —dijo Wolf—. ¿Te das cuenta? Es mi gran oportunidad. La oportunidad de mi vida, sí señor. ¿Iba a desaprovecharla? De ningún modo. Una solución que te hunde vale más que cualquier incertidumbre. ¿O es que opinas lo contrario?

—Lo contrario —repitió el reflejo.

—Ya basta —dijo Wolf con brutalidad—. He sido yo el que ha hablado. Tú no cuentas. Ya no sirves para nada. Elijo. La lucidez. ¡Ja, ja! Hablo en mayúsculas.

Se levantó con dificultad. Ante él estaba su imagen, como grabada en la hoja de plata. Volvió a encender la luz y la imagen se fue esfumando poco a poco. Su mano, en el interruptor, era blanca y dura como el metal del espejo.

Wolf se aseó un poco antes de regresar a la sala donde los demás bebían y bailaban. Se lavó las manos, se dejó bigote, decidió que no le favorecía, se lo afeitó inmediatamente y se anudó la corbata de otra manera, más voluminosa, ya que la moda acababa de cambiar. Luego, aun a riesgo de que le resultara chocante, enfiló el pasillo en sentido contrario. Al pasar, hizo oscilar el fusible que servía para dar variedad a la atmósfera durante las largas noches de invierno. Debido a ello, la iluminación fue reemplazada por una emisión de rayos X de baja potencia, despuntados para mayor precaución, que proyectaban sobre las paredes luminiscentes la imagen ampliada del corazón de los que bailaban. Por el ritmo de los latidos se podía ver si amaban a su pareja.

Lazuli bailaba con Lil. Por ese lado, todo iba bien; sus corazones, ambos bastante bonitos de forma y sin embargo muy distintos, palpitaban distraídos, tranquilos. Folavril estaba de pie junto al buffet, con el corazón parado. Las otras dos parejas se habían constituido por intercambio de su elemento hembra legal, y el ritmo de los latidos probaba sin discusión posible que el intercambio no se limitaba a la ocasión presente.

Wolf invitó a Folavril, quien, dulce e indiferente, se dejó llevar. Pasaron cerca de la ventana. Era tarde, o temprano, y la noche chorreaba sobre el tejado de la casa, arremolinándose en pesadas humaredas que rodaban a lo largo de la ardiente luz que las evaporaba al instante. Wolf se fue deteniendo poco a poco. Habían llegado a la puerta.

—Ven —dijo a Folavril—. Vamos a dar una vuelta.

—Muy bien —repuso ella.

Al pasar cogió un puñado de cerezas de un plato y Wolf se hizo a un lado para dejarla salir. Tocaban la noche con todo su cuerpo. El cielo estaba bañado en sombras, movedizo e inestable como el peritoneo de un gato negro en plena digestión. Wolf tenía cogida del brazo a Folavril; seguían el camino de gravilla. Sus pies crujientes producían pequeñas notas agudas en forma de campanillas de sílex. Al tropezar con el bordillo de un parterre, Wolf se apoyó en Folavril. Esta cedió, cayeron ambos sentados en la hierba, y al encontrarla tibia se tendieron uno al lado del otro, sin tocarse. Un sobresalto de la noche desenmascaró de repente algunas estrellas. Folavril comía cerezas; se oía cómo le estallaba en la boca el jugo vivo y perfumado. Wolf estaba completamente tendido en el suelo, y sus manos arrancaban y aplastaban las olorosas briznas. Se habría dormido allí.

—¿Te diviertes, Folle? —preguntó.

—Sí... —dijo Folavril, dubitativa—. Pero Saphir... hoy está raro. No se atreve a besarme. Se vuelve continuamente, como si hubiera alguien.

—Ya se le pasará —dijo Wolf—. Ha trabajado demasiado.

—Espero que sea eso —dijo Folavril—. Ahora ya se ha terminado.

—Lo principal está hecho —dijo Wolf—. Pero mañana voy a probarla.

—¡Oh, yo también quiero ir! —dijo Folavril—. ¿Me llevará con usted?

—No puedo —dijo Wolf—. Teóricamente, no sirve para eso. ¿Y quién sabe lo que voy a encontrar detrás? ¿No sientes nunca curiosidad, Folle?

—No —dijo ella—. Soy demasiado perezosa. Y como siempre estoy contenta, no siento curiosidad.

—Eres la dulzura en persona —dijo Wolf.

—¿Por qué me dice usted eso, Wolf? —preguntó Folavril modulando la voz.

—No he dicho nada —murmuró Wolf—. Dame cerezas.

Sintió los dedos frescos que le acariciaban el rostro, buscándole la boca, y que le deslizaban una cereza entre los labios. Dejó que se calentara durante unos segundos antes de morderla, y se puso a roer el huidizo hueso. Folavril estaba muy cerca de él y el aroma de su cuerpo se mezclaba con los perfumes de la tierra y de la hierba.

—Hueles bien, Folle —dijo—. Me gusta tu perfume.

—No uso perfume —repuso Folavril.

Miraba las estrellas que se perseguían por el cielo, despidiendo grandes resplandores al alcanzarse. Tres de ellas, arriba, a la derecha, mimaban una danza oriental. De vez en cuando, volutas de noches las ocultaban.

Wolf se volvió despacio para cambiar de posición. No quería perder ni por un segundo el contacto con la hierba. Al buscar donde apoyarse, su mano derecha dio con el pelaje de un pequeño animal inmóvil. Abrió los ojos bien abiertos, intentando descubrirlo en la oscuridad.

—Tengo un animalito suave a mi lado —dijo.

—¡Gracias...! —repuso Folavril.

Se rió en silencio.

—No eres tú —dijo Wolf—. Me habría dado cuenta. Es un topo... o un bebé topo. No se mueve pero está vivo... mira, escucha lo que hace cuando lo acaricio.

El bebé topo se puso a ronronear. Sus ojillos rojos brillaban como zafiros blancos. Wolf se sentó y lo depositó sobre el pecho de Folavril, allí donde empezaba su vestido, justo entre los senos.

—Es suave —dijo Folavril.

Rió.

—Se está bien.

Wolf se dejó caer de nuevo sobre la hierba. Se había acostumbrado a la oscuridad y empezaba a ver. Frente a él, a pocos centímetros, reposaba el brazo de Folavril, liso y claro. Adelantó la cabeza y sus labios rozaron el hueco sombreado del codo.

—Folle... eres hermosa.

—No sé... —murmuró ella—. Se está bien. ¿Y si nos quedáramos a dormir aquí?

—Podríamos —dijo Wolf—. Lo estaba pensando hace un momento.

Su mejilla se recostó en el hombro de Folavril, un poco anguloso aún de tanta juventud.

—Nos despertaremos cubiertos de topos —añadió ella.

Se rió de nuevo, con su risa grave y profunda, un poco sofocada.

—La hierba huele bien —dijo Wolf—. La hierba y tú. Está lleno de flores. ¿Qué es lo que huele a muguete? Ya no queda muguete.

—Me acuerdo del muguete —dijo Folavril—. Antes estaba lleno de muguete, había campos enteros, tupidos como cabellos. Te sentabas en medio y cogías flores sin tener que levantarte. Lleno de muguete. Pero aquí hay otra planta, con flores de carne anaranjada, como pequeñas placas redondas. No sé cómo se llama. Debajo de mi cabeza hay violetas de la muerte, y aquí, cerca de mi otra mano, asfódelos.

—¿Estás segura? —preguntó Wolf, con voz un poco distante.

—No —dijo Folavril—. Pero como no he visto nunca asfódelos y me gusta el nombre y también me gustan estas flores, los asocio.

—Es lo que se suele hacer —dijo Wolf—. Las cosas que se quieren se ponen juntas. Si no nos quisiéramos tanto a nosotros mismos estaríamos siempre solos.

—Esta noche estamos solos —dijo Folavril—. Solos los dos.

Suspiró de placer.

—¡Qué bien se está...! —murmuró.

—Es porque estamos despiertos —dijo Wolf.

Callaron. Folavril acariciaba con ternura al bebé topo, que mugía de satisfacción... un pequeño mugido de bebé topo. Por encima de ellos se abrían brechas de vacío acosadas por una oscuridad móvil que, por momentos, sustraía las estrellas a su vista. Se durmieron en silencio, el cuerpo contra la tierra cálida, en el perfume de las flores de sangre. El día no tardaría en despuntar. De la casa llegaba un rumor incierto, sofisticado como sarga azul. Un hilo de hierba se curvaba bajo el aliento imperceptible de Folavril.

6

Harto de esperar a que se despertara Lil, lo que muy bien podía no ocurrir hasta el anochecer, Wolf garabateó una nota, la dejó a su lado y salió de casa con su traje verde, especialmente concebido para jugar al pluk.

El senador Dupont, ya con el arnés que le había puesto la criada, le siguió arrastrando el carrito en el que iban las pelotas y las banderuelas, la pala para cavar hoyos y el clavapuntas, sin olvidar el cuentagolpes y el sifón de bolas para cuando el agujero fuese demasiado profundo. Wolf llevaba en bandolera un estuche con sus palos de pluk: un palo de ángulo abierto, otro de ángulo muerto, y el que no sirve para nada, pero brilla mucho.

Eran las once. Wolf no se sentía cansado, pero Lil había estado bailando sin parar hasta bien entrada la mañana. Saphir debía de estar trabajando con la máquina. Folavril también dormía, probablemente.

El senador blasfemaba como un verdadero diablo. No le gustaba nada el pluk, y se rebelaba en especial contra el carrito. Wolf insistía en hacerle tirar de él de vez en cuando para que, con el ejercicio, rebajara barriga. Un crespón negro enlutaba el alma del senador Dupont, quien, por más que se esforzase, nunca rebajaría barriga, pues tenía el vientre demasiado desarrollado. Cada tres metros el senador hacía un alto en el camino y devoraba una mata de grama.

El campo de pluk se extendía en el límite del Cuadrado, detrás del muro meridional. Allí la hierba no era roja, sino de un hermoso verde artificial adornado de bosquecillos y parterres de conejos bizcos. Se podía jugar al pluk durante horas sin necesidad de tener que recorrer dos veces el mismo camino, lo que constituía uno de los principales alicientes. Wolf andaba a buen paso, saboreando el aire fresco, recién ordeñado, de la mañana. De vez en cuando llamaba al senador Dupont y se burlaba de él.

—¿Aún tienes hambre? —le preguntó, al ver que se abalanzaba sobre una mata de grama particularmente alta—. Haberlo dicho, hombre. Ya te habríamos dado un poco de hierba de vez en cuando.

—Muy bien, muy bien —gruñó el senador—. Es muy divertido, burlarse de un pobre viejo al que apenas le quedan fuerzas para moverse y que, encima, se ve obligado a arrastrar vehículos pesados.

—Favor que te hago —dijo Wolf—. Estás criando barriga. Se te va a caer el pelo, cogerás la escarlatina y quedarás hecho un asco.

—Para hacer de bestia como hago, qué más da —dijo el senador—. De todas formas, la criada acabará arrancándome los pocos pelos que me quedan, peinándome como me peina.

Wolf iba delante y hablaba sin volverse, con las manos en los bolsillos.

—De todos modos —dijo—, supón que viene a vivir por aquí alguien que tenga, digamos... una perra...

—No me engañará tan fácilmente —dijo el senador—, estoy de vuelta de todo.

—Menos de la grama —dijo Wolf—. Qué gustos tan raros. Yo preferiría una linda perrita.

—Pues por mí no se prive —dijo el senador—. No soy celoso. Sólo que me duele un poco la barriga.

—Pues cuando te comías eso —dijo Wolf—, en ese momento, después de todo, bien que te gustaba.

—Ejem... —dijo el senador—. Aparte de la papilla de tierra y la mostaza en la oreja, lo demás se podía soportar.

—No tienes más que defenderte —dijo Wolf—. Podrías perfectamente enseñarle a tenerte respeto.

—No soy respetable —dijo el senador—. Soy un viejo perro maloliente y me paso el día comiendo. Bah... —añadió, llevándose una de sus fofas patas al hocico—. Perdóneme un momento... La grama era de buena calidad... Hace su efecto... Desengánche me el carrito, haga el favor, acabaría por molestarme.

Wolf se inclinó para liberar al senador del arnés de piel que lo mantenía sujeto al carro. El senador, con la nariz a ras del suelo, partió en busca de un matorral dotado de olor adecuado y capaz de disimular, ante los ojos de Wolf, la deshonrosa actividad que se desarrollaría a continuación. Wolf se detuvo a esperarlo.

—Tómate todo el tiempo que quieras —le dijo—. No viene de un minuto.

Demasiado ocupado con sus hipos cadenciosos, el senador Dupont no respondió. Wolf se sentó en cuclillas, con los talones pegados a las nalgas, y empezó a balancearse de delante atrás, abrazándose las rodillas.

Para que no decayera el interés de la acción, tarareaba una melodía llena de sentimiento.

Allí le encontró Lil cinco minutos más tarde. El senador no terminaba, y Wolf estaba por levantarse para darle unas palmaditas en la espalda. Le detuvieron los apresurados pasos de Lil; la reconoció sin necesidad de mirar. Llevaba un vestido de tela fina, y sus cabellos sueltos saltaban por encima de sus hombros. Se abrazó al cuello de Wolf, arrodillándose junto a él, y le habló al oído.

—¿Por qué no me has esperado? ¿Es esto mi día de vacaciones?

—No quería despertarte —dijo Wolf—. Supuse que estarías cansada.

—Estoy muy cansada —dijo ella—. ¿Tantas ganas tenías de jugar al pluk esta mañana?

—Más que nada lo que quería era andar un poco —dijo Wolf—. El senador también, pero ha cambiado de opinión en el camino. Dicho esto, estoy dispuesto a aceptar cualquier proposición tuya.

—Muy amable de tu parte —dijo Lil—. Precisamente venía a decirte que había olvidado que tenía que hacer un recado muy importante y que puedes jugar al pluk de todas formas y sin remordimientos.

—¿Puedes quedarte diez minutos? —preguntó Wolf.

—Es un recado —explicó Lil—. Estoy obligada, tengo una cita.

—¿Pero puedes quedarte diez minutos? —insistió Wolf.

—Por supuesto —respondió Lil—. Pobre senador. Ya sabía yo que se pondría enfermo.

—De enfermo nada —acertó a decir el senador desde detrás de su arbusto—. Intoxicado, que es distinto.

—¡Eso es! —protestó Lil—. ¡Di que la comida era mala!

—La tierra era mala —refunfuñó el senador, y reanudó sus gemidos.

—Vamos a dar un paseo juntos antes de que me vaya —dijo Lil—. ¿Adónde vamos?

—A donde queramos —dijo Wolf.

Se levantó a la par que Lil y arrojó sus palos de pluk dentro del carrito.

—Vuelvo en seguida —le dijo al senador—. Tómatelo con calma y no te canses.

—Descuide —dijo el senador—. ¡Dios mío! Me tiemblan las manos que es un horror.

Caminaron al sol. Extensos prados se adentraban, como formando golfos, en oscuras arboledas verdes. De lejos, los árboles parecían apretujarse unos contra otros, y daban ganas de ser uno de ellos. El suelo estaba cubierto de ramitas secas. A su izquierda, y un poco más abajo, ya que el terreno subía, habían dejado el campo de pluk. Dos o tres personas jugaban al pluk a conciencia, sirviéndose de todos los accesorios.

—Hablemos de ayer —dijo Wolf—. ¿Lo pasaste bien?

—Muy bien —dijo Lil dando un salto—. Estuve bailando toda la noche.

—Ya lo vi —dijo Wolf—, con Lazuli. Estoy muy celoso.

Giraron a la derecha para entrar en el bosque. Se oía a los pájaros carpinteros jugar al teléfono en morse.

—¿Y tú qué hacías con Folavril? —dijo Lil, pasando al contraataque.

—Dormir sobre la hierba —repuso Wolf.

—¿Y besa bien? —preguntó Lil.

—Qué tonta eres —dijo Wolf—. Ni se me había pasado por la cabeza.

Lil se rió y se apretó contra él, siguiéndole el paso, lo que la obligaba a problemáticas aperturas de piernas.

—Me gustaría que siempre fuera vacaciones —dijo—. Quisiera estar siempre paseando contigo.

—Te cansarías en seguida —dijo Wolf—. Ya ves, tienes que ir a un recado.

—No es verdad —dijo Lil—. Es una casualidad. Tú eres el que se cansaría. Prefieres trabajar. No puedes estar sin trabajar. Te volverías loco.

—No es el hecho de estar sin trabajar lo que me vuelve loco —dijo Wolf—. Lo soy por naturaleza. No exactamente loco, pero me siento incómodo.

—No cuando duermes con Folavril —dijo Lil.

—Ni cuando duermo contigo —dijo Wolf—. Pero esta mañana eras tú la que dormías, y preferí marcharme.

—¿Por qué? —inquirió Lil.

—Si no lo hubiera hecho —dijo Wolf—, te habría despertado.

—¿Por qué? —repitió Lil inocentemente.

—Por esto —dijo Wolf, haciendo lo que quería decir, y se encontraron tendidos en la hierba del bosque.

—Aquí no —dijo Lil—, hay mucha gente.

No daba la impresión de creer en su propia excusa.

—Después no podrás jugar al pluk —insistió.

—Este juego también me gusta —murmuró Wolf junto a la oreja, que por cierto era comestible, de ella.

—Me gustaría que estuvieras siempre de vacaciones —suspiró Lil, casi feliz.

36

Y, en seguida, feliz del todo, tras varios suspiros y alguna actividad.

Abrió de nuevo los ojos.

—Me gusta mucho, mucho, esto... —concluyó.

Wolf le besó dulcemente las pestañas para atenuar el dolor que produce toda separación, aunque sea local.

—¿Qué es ese recado? —preguntó.

—Es un recado —dijo Lil—. Date prisa... Voy a llegar tarde.

Se levantó, lo cogió de la mano. Corrieron hasta el carrito. El senador Dupont, desplomado, con las cuatro patas en cruz, babeaba sobre las piedras.

—En pie, senador —dijo Wolf—. Vamos a jugar al pluk.

—Adiós —dijo Lil—. Vuelve pronto.

—¿Y tú? —dijo Wolf.

—¡Yo ya estaré allí! —gritó Lil, alejándose.

7

—Mmm... ¡Buen golpe! —apreció el senador.

La pelota se había elevado a gran altura, y la estela de humo rojizo que había trazado persistía en el cielo. Wolf dejó el palo y reanudaron la marcha.

—Sí —dijo Wolf, indiferente—, estoy progresando. Si pudiera entrenarme...

—Nadie se lo impide —dijo el senador Dupont.

—De todas formas —respondió Wolf—, siempre habrá gente que juegue mejor que yo. Entonces, ¿para qué?

—Eso no tiene nada que ver —dijo el senador—. Es sólo un juego.

—Precisamente —dijo Wolf—, como es un juego hay que ser el mejor. Si no, es una estupidez y basta. ¡Oh! Y además hace quince años que juego al pluk... puedes imaginarte lo que sigue gustándome...

El carrito traqueteaba detrás del senador, y aprovechó una ligera pendiente para golpearle el trasero con socarronería. El senador se lamentó.

—¡Qué suplicio! —gimió—. ¡En menos de una hora tendré el culo pelado!

—No seas llorón —dijo Wolf.

—En fin —dijo el senador—, ¡a mi edad! ¡Es humillante!

—Pasear un poco te sienta bien —dijo Wolf—, te lo aseguro.

—Cómo va a sentarme bien una cosa que me aburre tanto —dijo el senador.

—Todo es aburrido —dijo Wolf—, y, sin embargo, se hacen cosas...

—¡Oh! Usted —dijo el senador—, con la excusa de que nada le divierte, se cree que todo el mundo está harto de todo.

—Bueno —dijo Wolf—, en este momento, ¿cuál es tu mayor deseo?

—Si le hicieran a usted la misma pregunta —dijo el senador—, se vería en un aprieto para contestar, ¿eh?

Efectivamente, Wolf no respondió en seguida. Agitaba su palo y se divertía decapitando tallos de petuflor burlona que crecían, aquí y allá, en el campo de pluk. De cada tallo cortado brotaba un chorro viscoso de savia negra que se hinchaba en un pequeño globo negro con monograma dorado.

—No me sería nada difícil —dijo Wolf—. Te diría simplemente que ya no me interesa nada.

—Esto es nuevo —se burló el senador—. ¿Y la máquina?

—Digamos que es más bien una solución desesperada —contestó Wolf en el mismo tono sarcástico.

—Vamos —dijo el senador—, todavía no lo ha intentado usted todo.

—Es cierto —dijo Wolf—. Todavía no. Pero ya llegará el momento. Antes hay que tener una visión clara de las cosas. Pero todo esto no me dice cuál es tu mayor deseo.

El senador se puso serio.

—¿No se reirá usted de mí? —preguntó.

40

Las comisuras de su hocico estaban húmedas y temblorosas.

—En absoluto —dijo Wolf—. Saber que alguien desea algo de verdad me levantaría la moral.

—Desde que tenía tres meses —dijo el senador en tono confidencial—, siempre he querido tener un uapití.

—Un uapití —repitió Wolf, ausente.

Y en seguida cayó en la cuenta:

—¡Un uapití!

El senador se armó de valor. Su voz cobró firmeza.

—Esto, por lo menos —explicó—, es un deseo preciso y bien definido. Un uapití es verde, tiene púas romas y hace «plop» cuando lo tiras al agua. En fin... para mí... un uapití es así.

—¿Y es éste tu mayor deseo?

—Sí —dijo el senador con orgullo—. Y mi vida tiene una finalidad y soy feliz así. Quiero decir, sería feliz sin esta porquería de carrito.

Wolf dio unos pasos olisqueando el aire y dejó de decapitar petuflores. Se detuvo.

—Bueno —dijo—. Te voy a desenganchar el carrito y vamos a buscar un uapití. Así verás si tener lo que uno desea supone algún cambio.

El senador se detuvo y relinchó de emoción.

—¿Qué? —dijo—. ¿Es usted capaz de hacer una cosa así?

—No te lo estoy diciendo...

—Déjese de bromas —jadeó el senador—. No se debe dar falsas esperanzas a un viejo perro cansado...

—Tienes la suerte de desear alguna cosa —dijo Wolf—, y te voy a ayudar, es normal...

—¡Caramba! —dijo el senador—. Esto es lo que en el catecismo se llama metafísica recreativa.

Por segunda vez, Wolf se inclinó y liberó al senador. Se quedó con uno de los palos de pluk y dejó los demás en el carrito. Nadie se atrevería a tocarlos, ya que el código moral del pluk es particularmente severo.

—En marcha —dijo—. Para el uapatí hay que caminar agachado y hacia el este.

—Por mucho que se agache —dijo el senador—, seguirá usted siendo más alto que yo. Así que me quedo derecho.

Se pusieron en marcha, olfateando el suelo con precaución. La brisa agitaba el cielo, cuyo vientre plateado y movedizo bajaba, a veces, hasta acariciar las grandes umbelas azules de las cardavenas de mayo, aún en flor, que cargaban el aire de su olor especiado.

8

Al dejar a Wolf, Lil se apresuró. Una ranita azul se puso a saltar delante de ella. Una rana de zarzal sin pigmento complementario. Iba en dirección a la casa, y le sacó dos saltos de ventaja a Lil. La rana siguió su camino, pero Lil subió a toda prisa por la escalera para retocarse el maquillaje en su tocador. Una pincelada por aquí, una pasada de cepillo por allá, elixir en las mejillas, reconstituyente para las greñas, fundas para las uñas, y estuvo lista. No más de una hora, en total. Corriendo, se despidió de la criada y salió. Atravesó el Cuadrado y, por una pequeña puerta, entró en la calle.

La calle reventaba de aburrimiento en largas grietas originales, que le servían de diversión.

Sobre un fondo de sinuosas láminas de sombra resplandecían piedras de vivos colores, reflejos inciertos y manchas de luz que se apagaban al azar de los movimientos del suelo. El brillo de un ópalo; después, uno de esos cristales de las montañas que desprenden polvo de oro como los pulpos cuando uno quiere cogerlos; el fulgor chirriante de una esmeralda salvaje; y, de pronto, los tiernos regueros de una colonia de berilos degradados. Andando a pasos cortos, Lil iba pensando en las preguntas que haría. Y su vestido seguía a sus piernas, complacido, más bien halagado.

Había casas, las primeras brotando apenas, más adelante algo más crecidas, y al final era una calle de verdad, con sus edificios y su circulación. Cruzar tres travesías, girar a la derecha; la oliente vivía en una alta cabaña construida sobre grandes pies de madera llenos de callos, con una retorcida escalera de cuya barandilla colgaban repugnantes andrajos que daban todo el colorido local que podían. En el aire flotaba un perfume de curry, de ajo y de pan de centeno, con matices, a partir del quinto peldaño, de col y de pescado de edad muy avanzada. En lo alto de la escalera, un cuervo con la cabeza prematuramente encanecida por la aplicación de agua oxigenada extrafuerte recibía a los visitantes tendiéndoles una rata destripada que sostenía delicadamente por la cola. La misma rata le servía mucho tiempo, ya que los iniciados declinaban el ofrecimiento y los que no lo eran no iban.

Lil sonrió amablemente al cuervo y dio tres golpes en la puerta con la maza de recepción que colgaba de un cordón, por favor.

—¡Entre! —dijo la oliente, que había subido la escalera tras ella.

Lil entró, seguida por la especialista. En la cabaña había un metro de agua, y se circulaba sobre colchonetas flotantes para no estropear el encerado. Lil, prudente, se deslizó hasta el usado sillón de reps reservado a las visitas, mientras la oliente vaciaba febrilmente el agua por la ventana con una cacerola de hierro oxidado. Cuando estuvo más o menos seco, se sentó a su vez frente a su mesa de olisquear, sobre la cual reposaba un inhalador de cristal sintético. Bajo el inhalador había una gran mariposa beige, desmayada, clavada al envejecido tapete por el peso del inhalador.

La oliente levantó el instrumento y sopló delicadamente sobre la mariposa. Luego, dejó el aparato a su izquierda, y se sacó del corpiño un juego de cartas que chorreaba humo y sudor.

—¿Le hago la lira completa? —preguntó.

—No tengo mucho tiempo —dijo Lil.

—Entonces, ¿media lira y el residuo? —preguntó la oliente.

—Sí, también el residuo —dijo Lil.

La mariposa empezaba a agitarse suavemente. Y dejó escapar un ligero suspiro. La baraja de tarot despedía olor a zoológico. La oliente colocó con rapidez las seis primeras cartas sobre la mesa. Olió violentamente.

—Vaya, vaya —dijo—. No huelo gran cosa en su juego. Vamos, escupa por el suelo y ponga el pie encima.

Lil obedeció.

—Ahora ya puede retirar el pie.

Lil retiró el pie y la oliente encendió una pequeña bengala. La habitación se llenó de humo luminoso y de olor a pólvora verde.

—Eso es, eso es —dijo la oliente—. Ahora se huele con más claridad. Bueno, barrunto para usted noticias de alguien a quien usted quiere bien. Y después dinero. No una suma considerable. Pero, en fin, un poco de dinero. Evidentemente, nada extraordinario. Considerando las cosas de manera objetiva, podríamos casi decir que, desde el punto de vista financiero, su situación no va a cambiar. Espere.

Tiró seis cartas más sobre las primeras.

—¡Ah! —dijo—. Exactamente lo que le decía. Se va a ver obligada a desembolsar una pequeña cantidad.

Pero, en cambio, la carta la afecta muy de cerca. Quizá su marido. Lo cual significa que va a hablar con usted, ya que, naturalmente, sería ridículo que su marido le escribiera. Sigamos. Elija una carta.

Lil cogió la primera que le vino a mano, la quinta del montón.

—¡Ajá! —dijo la oliente—. ¡He aquí la confirmación exacta de todo lo que le anunciaba! Una gran felicidad para una persona de su familia. Va a encontrar lo que ha estado buscando desde hace mucho tiempo, después de haber estado enfermo.

Lil pensó que Wolf había hecho bien en construir la máquina y que al fin sus esfuerzos iban a verse recompensados, pero que habría de tener cuidado con su hígado.

—¿De verdad? —preguntó.

—Lo más verídico y oficial posible —dijo la oliente—, los olores no mienten nunca.

—Ya lo sé —dijo Lil.

Momento en el que el cuervo oxigenado llamó a la puerta con el pico, imitando el canto de la despedida salvaje.

—Tengo que darme prisa —dijo la oliente—. ¿Insiste en lo del residuo?

—No —dijo Lil—. Me basta con saber que mi marido va a encontrar por fin lo que busca. ¿Qué le debo, señora?

—Doce pelucas —dijo la oliente.

La gran mariposa beige se agitaba cada vez más. De pronto se elevó por los aires, en un vuelo pesado, incierto, más enfermizo aún que el del murciélago. Lil se echó atrás. Tenía miedo.

—No pasa nada —dijo la oliente.

Abrió el cajón y cogió un revólver. Sin levantarse, apuntó al bicho de terciopelo y disparó. Se produjo un sucio chasquido. La mariposa, herida en plena cabeza, plegó sus alas sobre su corazón y cayó en picado, inerte. Al tocar el suelo hizo un ruido blando. Se alzó un polvo de sedosas escamas. Lil empujó la puerta y salió. Cortésmente, el cuervo le dijo adiós. Otra persona esperaba. Una niña delgada, de ojos negros e inquietos, que apretaba en su sucia mano una moneda de plata. Lil bajó la escalera. La niña vaciló y la siguió.

—Perdón, señora —dijo—. ¿Dice la verdad?

—Claro que no —dijo Lil—. Dice el porvenir. No es lo mismo, ¿sabes?

—¿Y eso da confianza? —preguntó la niña.

—A veces da confianza —dijo Lil.

—El cuervo me da miedo —dijo la niña—. Esa rata destripada huele muy mal. No me gustan nada las ratas.

—A mí tampoco —dijo Lil—. Pero es una oliente modesta... No puede permitirse el lujo de tener lagartos muertos, como las olientes de altos vuelos.

—Entonces voy a volver —dijo la niña—. Muchas gracias, señora.

—Adiós —dijo Lil.

La niña volvió a subir con rapidez los torturados escalones. Lil se apresuraba en su regreso a casa, y durante todo el camino granates rizados dieron reflejos luminosos a sus hermosas piernas, mientras el día empezaba a adornarse con las vetas de ámbar y los agudos cantos de grillo del crepúsculo.

9

El senador Dupont alargaba el paso porque Wolf andaba deprisa; si bien el senador tenía cuatro patas, las de Wolf eran dos veces inferiores en número, pero tres veces más largas; de ahí la necesidad en que se encontraba el senador de sacar la lengua de vez en cuando y hacer ¡ufff!, ¡ufff!, para manifestar su cansancio.

El suelo era ahora rocoso, y estaba cubierto de un musgo duro lleno de florecillas como bolas de cera perfumada. Por entre los tallos volaban insectos que destripaban las flores a golpes de mandíbula para beber el licor de su interior. El senador no cesaba de tragarse bichos crujientes, y se sobresaltaba cada vez que lo hacía. Wolf caminaba a grandes zancadas, con el palo de pluk en la mano, y sus ojos escrutaban los alrededores con el mismo cuidado con que habrían intentado descifrar el Kalevala en el texto original. Entremezclaba lo que veía con cosas que ya estaban en su mente, y buscaba el lugar en que encajaría mejor la hermosa figura de Lil. Una o dos veces intentó, incluso, incorporar al paisaje la efigie de Folavril, pero una vergüenza a medias formulada le hizo desechar el montaje. Haciendo un esfuerzo, consiguió concentrarse en la idea del uapití.

Por indicios de diversa índole, tales como excrementos en espiral y cintas de máquina de escribir mal digeridas, advirtió la proximidad del animal y ordenó al senador, profundamente emocionado, que conservara la calma.

—¿Vamos a encontrar alguno? —susurró Dupont.

—Claro —repuso Wolf en voz baja—. Y ahora, basta de bromas. Cuerpo a tierra los dos.

Se pegó al suelo y avanzó lentamente. El senador refunfuñaba «me estoy desollando la entrepierna», pero Wolf le obligó a callarse. A tres metros, divisó de repente lo que buscaba: una gran piedra enterrada en sus tres cuartas partes, horadada en su cúspide por un pequeño agujero perfectamente cuadrado, que se abría en su dirección. Al llegar a ella, le dio tres fuertes golpes con su palo.

—¡Al cuarto golpe, será la hora exacta...! —dijo imitando la voz del Caballero.

Dio el cuarto golpe. En el mismo momento, el uapití salió como enloquecido del agujero, con grandes contorsiones.

—¡Piedad, monseñor! —gimió—. Devolveré los diamantes. ¡Palabra de gentilhombre...! ¡Yo no he hecho nada...! Se lo aseguro...

Los ojos relucientes de codicia del senador Dupont le miraban chupándose los dedos, si se me permite decirlo así. Wolf se sentó y miró al uapití.

—Te he engañado —dijo—. No son más que las cinco y media. Vas a venir con nosotros.

—¡No, no y no! —protestó el uapití—. Esto no vale. No forma parte del juego.

—Si hubieran sido las veinte horas y doce minutos —dijo Wolf—, y si nos hubiéramos encontrado allí, estabas listo de todos modos.

—Se aprovecha usted de la traición de un antepasado —dijo el uapití—. Eso es de cobardes. Usted sabe bien que somos de una extremada sensibilidad horaria.

—No es razón que puedas alegar en tu defensa —dijo Wolf para impresionarlo con un lenguaje adecuado.

—Bueno, pues voy con usted —dijo el uapití—. Pero mantenga a distancia a esa bestia de mirada torva que parece querer asesinarme en este mismo instante.

Al senador se le arrugaron los hasta el momento hirsutos bigotes.

—Pero... —farfulló—. Si he venido con las mejores intenciones del mundo...

—¡Y a mí que me importa el mundo! —dijo el uapití.

—¿Vas a soltarnos el rollo, ahora? —preguntó Wolf.

—Soy su prisionero, señor —dijo el uapití—, y me someto a su voluntad.

—Perfecto —dijo Wolf—. Dale la mano al senador y vámonos.

Sorbiéndose los mocos de la emoción, el senador Dupont tendió su enorme pata al uapití.

—¿Puedo subirme a la espalda del señor? —preguntó éste señalando al senador.

El senador asintió y el uapití, muy contento, se instaló sobre su lomo. Wolf inició la marcha de regreso. Le seguía el senador, feliz y emocionado. Por fin, su ideal se materializaba... se había hecho realidad... Una untuosa serenidad le invadió el alma, y ya no sentía los pies.

Wolf caminaba, triste.

10

La máquina tenía el aspecto filiforme de una telaraña vista de lejos. Lazuli, de pie, comprobaba su funcionamiento, que, desde la víspera, había sido normal. Se agachó para inspeccionar los delicados engranajes del motor. Muy cerca de él, tendida en la hierba recién cortada, Folavril soñaba despierta, con un clavel entre los labios. Alrededor de la máquina la tierra temblaba un poco, pero no era desagradable.

Lazuli se incorporó y se miró las manos llenas de aceite. No podía acercarse a Folavril con esas manos. Abrió el armario metálico, cogió un estropajo y se las limpió un poco. Luego se untó los dedos con jabón mineral y se los frotó. Los granos de piedra pómez le dejaron las palmas de las manos ásperas. Se enjuagó en un cubo abollado. Debajo de cada uña le quedaba una raya azul de grasa; aparte de esto, estaba limpio. Cerró el armario y se volvió. Folavril, alta y esbelta, se dejaba mirar, con sus largos cabellos rubios en punta sobre la frente, su mentón redondo casi voluntarioso y sus orejas finas como nácares de laguna. Su boca de gruesos labios, casi iguales; sus senos que tiraban del jersey demasiado corto, haciendo que quedara al descubierto la piel dorada de la cadera. Lazuli recorría con la mirada la conmovedora silueta de su cuerpo. Fue a sentarse al lado de ella y se inclinó para besarla. Y entonces advirtió una presencia extraña y, de un salto, se puso nuevamente en pie. Un hombre, a su lado, le estaba mirando. Lazuli se echó atrás y se pegó a la estructura metálica; sus dedos sintieron el frío del acero, se decidió a mirar a su vez al hombre; el motor vibraba en sus manos y le comunicaba su potencia. El hombre no se movía, se agrisaba, se fundía y, al fin, pareció disolverse en el aire, y no quedó nada de él.

Lazuli se secó la frente. Folavril no había dicho palabra, se limitaba a esperar, sin siquiera sorprenderse.

—¿Qué quiere de mí? —murmuró, como hablando consigo mismo—. Cada vez que estamos juntos, él está a mi lado.

—Has trabajado demasiado —dijo Folavril—, y estás cansado de la fiesta de anoche. No paraste de bailar.

—Mientras tú estabas fuera —dijo Lazuli.

—No estaba lejos —dijo Folavril—, estaba hablando con Wolf. Ven a mi lado. Cálmate. Necesitas descansar.

—Eso es lo que quiero —dijo Lazuli.

Se pasó la mano por la frente.

—Pero es que ese hombre está siempre ahí.

—Te aseguro que no hay nadie —dijo Folavril—. Si está, ¿por qué yo no lo veo?

—Tú no miras nunca nada... —dijo Lazuli.

—Y menos lo que puede molestarme —dijo Folavril.

Lazuli se acercó y volvió a sentarse a su lado sin tocarla.

—Eres hermosa —murmuró— como... como un farolillo japonés... encendido.

—No digas tonterías —protestó Folavril.

—No puedo decirte que eres hermosa como el día

—dijo Lazuli—, porque depende de los días. Pero un farolillo japonés es siempre hermoso.

—Me da lo mismo ser guapa que fea —dijo Folavril—. Lo único que quiero es gustar a la gente que me interesa.

—Gustas a todo el mundo —dijo Lazuli—. O sea que los que te interesan seguro que están en el lote.

Vista de cerca, tenía el rostro salpicado de minúsculas pecas, y, sobre las sienes, hilos de cristal dorado.

—Deja de pensar en todo esto —dijo Folavril—. Piensa en mí, en cuando estoy contigo, y cuéntame un cuento.

—¿Qué cuento? —preguntó Lazuli.

—¡Oh! Pues nada de cuento, entonces —dijo Folavril—; ¿prefieres cantarme una canción?

—¿A qué viene todo esto? —dijo Lazuli—. Lo que quiero es tomarte en mis brazos y sentir el sabor a frambuesa de tus labios.

—Sí —murmuró Folavril—, es buena idea, mejor que los cuentos...

Folavril se dejó hacer e hizo a su vez.

—Folavril... —dijo Lazuli.

—Saphir... —dijo Folavril.

Y se besaron de nuevo. La noche se acercaba. Los vio y se detuvo antes de llegar a ellos, para no molestarlos. Mejor sería que fuera a acompañar a Wolf, que regresaba en aquel momento. Al cabo de una hora, todo estaba a oscuras, menos un círculo de sol en el que estaban los ojos cerrados de Folavril y los besos de Lazuli, en medio del vapor que desprendían sus cuerpos.

11

Consciente sólo a medias, Wolf intentó un último esfuerzo para parar el timbre del despertador, pero el aparato, viscoso, se le escapó y se refugió, hecho un ovillo, en un rincón de la mesilla de noche, desde donde siguió jadeante y furioso, con su carillón, hasta el agotamiento total. Entonces el cuerpo de Wolf se distendió dentro de la depresión cuadrada llena de pieles blancas en la que descansaba. Entreabrió los ojos y las paredes de su habitación se tambalearon y se derrumbaron sobre el suelo, levantando al caer grandes olas de pasta blanca. Y luego hubo membranas superpuestas que se parecían al mar... en el centro, sobre una isla inmóvil, Wolf se hundía lentamente en la negrura, por entre el ruido del viento que barría los grandes espacios desnudos, un ruido que no cesaba jamás. Las membranas palpitaban como aletas transparentes; del techo invisible caían capas de éter que se expandían en torno a su cabeza. Mezclado con el aire, Wolf se sentía penetrado, impregnado por lo que le rodeaba; y de pronto advirtió un olor verde, amargo, el olor del corazón encendido de las flores de áster de la China, mientras el viento se iba apaciguando.

Wolf abrió los ojos. Todo estaba en silencio. Hizo un esfuerzo, y se encontró de pie con los calcetines puestos. La luz del sol bañaba la habitación. Pero Wolf se sentía incómodo; para tranquilizarse, cogió un pedazo de pergamino y tizas de colores y se hizo un dibujo, que después contempló; pero la tiza cayó pulverizada bajo sus ojos: en el pergamino no quedaron más que algunos ángulos opacos, algunos sombríos vacíos cuyo aspecto general le recordó el de la cabeza de alguien que llevara mucho tiempo muerto. Desalentado, dejó caer su dibujo y se acercó a la silla donde estaba, bien doblado, su pantalón. Se tambaleaba como si el suelo cediera bajo sus pies. El olor de las flores de áster era menos reconocible; ahora se mezclaba con un aroma azucarado, el perfume de la jeringuilla en verano, cuando hay abejas. Una mezcla bastante nauseabunda. Tenía que darse prisa. Era el día de la inauguración, y los municipales estarían esperándole. Empezó a asearse rápidamente.

12

Llegó a pesar de todo con algunos minutos de adelanto, y los aprovechó para examinar la máquina. En el hoyo quedaban aún decenas de elementos, y el motor, cuidadosamente revisado por Lazuli, funcionaba con toda regularidad. No había otra cosa que hacer más que esperar. Esperó.

El suelo, maleable, conservaba aún la huella del cuerpo elegante de Folavril, y allí estaba el clavel que había tenido en sus labios, espumoso y dentado, ya unido a la tierra por mil lazos invisibles, hilos de blancas arañas. Wolf se inclinó para cogerlo, y el sabor del clavel lo golpeó y lo aturdió. Falló. El clavel se apagó y su color se confundió con el del suelo. Wolf sonrió. Si lo dejaba allí, los municipales lo aplastarían. Su mano corrió a ras del suelo hasta dar con el delgado tallo. Al sentir que lo cogían, el clavel recobró su color natural. Wolf lo cortó con delicadeza por uno de los nudos y se lo colocó en el ojal. Aspiraba su olor sin necesidad de inclinar la cabeza.

Tras el muro del Cuadrado se oyó un vago rumor de música, un estruendo de clarines y los recios golpes sordos de los tambores; luego, una pared de ladrillos se derrumbó ante el empuje del derribamuros municipal, pilotado por un ujier barbudo que vestía un uniforme negro con una cadena de oro. Por la brecha entraron los primeros representantes de la multitud, que se alinearon respetuosamente a ambos lados. La música, hueca y retumbante, hizo su aparición, Tuff, Tuff y Tzinn. Los coristas empezarían a berrear tan pronto como la gente se encontrara al alcance de sus voces. El tambor mayor, pintado de verde, encabezaba la marcha, agitando una avutarda con la que apuntaba, sin ninguna esperanza, hacia el sol. Hizo una enérgica señal, seguida de un doble salto mortal, y los coristas atacaron el himno:

> *Aquí está el señor alcalde*
> *¡Tuff, Tuff y Tzinn!*
> *De esta hermosa ciudad,*
> *¡Tuff, Tuff y Tzinn!*
> *Que ha venido a verles*
> *¡Tuff, Tuff y Tzinn!*
> *Para preguntarles*
> *¡Tuff, Tuff y Tzinn!*
> *Si piensan ustedes*
> *¡Tuff, Tuff y Tzinn!*
> *Pagarle algún día*
> *¡Tuff, Tuff y Tzinn!*
> *Todos los impuestos*
> *¡Tuff y Tuff, Tzinn y Tzinn y Ticoticotó!*

El ticoticotó fue producido por el choque de piezas metálicas talladas en forma de coco contra un tititó que las iba golpeando por partes. El conjunto constituía una marcha muy antigua que se tocaba un poco porque sí, ya que hacía mucho tiempo que nadie pagaba impuestos; pero no se podía impedir que la charanga tocara la única melodía que sabía.

Detrás de la música apareció el alcalde, que sostenía su trompetilla y se esforzaba por introducir en ella un calcetín, para no oír aquel espantoso alboroto. Su mujer, una señora muy gorda, completamente roja y completamente desnuda, apareció a continuación montada en un carro con un cartel publicitario del principal comerciante en quesos de la ciudad, que sabía de unos cuantos manejos turbios de la municipalidad y les obligaba a satisfacer todos sus caprichos.

La mujer tenía unos pechos enormes, que le iban golpeando el estómago debido a la mala suspensión del vehículo, y debido también a que el hijo del comerciante en quesos iba poniendo piedras bajo las ruedas.

Detrás del carro del comerciante en quesos iba el del quincallero, que no disponía de la influencia política de su rival y tenía que contentarse con una gran litera de gala en la cual una virgen se abandonaba a los caprichos de un voluminoso mono. El alquiler del mono era muy caro, y no daba tan buenos resultados, ya que hacía diez minutos que la doncella se había desmayado y ya no chillaba; mientras que la mujer del alcalde se estaba poniendo violeta, y aunque no hubiera sido así, tenía cantidad de pelos, y muy mal peinados.

Seguía el carro del comerciante de bebés, propulsado por una batería de tetinas a reacción; un coro de bebés entonaba una vieja canción de taberna.

El cortejo acababa allí, porque los cortejos no divierten a nadie; y el cuarto carro, en el que se habían instalado los vendedores de ataúdes, se había averiado un poco antes, porque el conductor había muerto sin confesarse.

Wolf, medio ensordecido por la charanga, vio a los oficiales que avanzaban a su encuentro escoltados por hombres de la guardia armados de grandes fusiles sardónicos. Los recibió como debía; los especialistas, mientras tanto, levantaron en pocos minutos un pequeño estrado de madera con gradas, que fue ocupado por el alcalde y los tenientes de alcalde, mientras la alcaldesa seguía paseándose en su carro. El comerciante en quesos ocuparía su lugar oficial.

Hubo un gran redoble de tambores, tras el cual el pífano se volvió loco y salió disparado por los aires como un cohete, sujetándose las orejas con las dos manos; todas las miradas siguieron su trayectoria, y todo el mundo escondió la cabeza entre los hombros cuando cayó de cabeza, con un ruido de babosa que se suicida. Después de lo cual todos respiraron, aliviados, y el alcalde se puso en pie.

La charanga había dejado de tocar. Un polvo espeso subía por el aire azulado a causa del humo de los cigarrillos de droga dominical, y olía a muchedumbre, y a todos los pies que el término implica. Algunos padres, enternecidos por las súplicas de sus hijos, se los habían subido en hombros, pero los mantenían cabeza abajo para que no adquirieran el vicio de la curiosidad.

El alcalde carraspeó en su trompetilla y tomó la palabra por el cuello para estrangularla, pero ésta resistió.

—Señores —dijo—, y queridos coadjúpilos. No insistiré en la solemnidad del día, no más puro que el fondo de mi corazón, porque como vosotros sabéis tan bien como yo, por primera vez desde el advenimiento al poder de una democracia estable e independiente, los turbios manejos políticos y la vil demagogia que marcaron con sus sospechas las pasadas décadas, ejem, joder, no se puede leer, esta mierda de papel, el texto está todo borrado. Quiero añadir que si os dijera todo lo que sé, y en especial lo referente a ese otro animal embustero que se hace llamar comerciante en quesos...

La multitud aplaudió estruendosamente y el comerciante se levantó a su vez. Empezó a leer el detalle de los generosos sobornos recibidos por el Concejo Municipal de parte del mayor traficante de esclavos de la ciudad. La charanga se puso a tocar para acallar su voz, y la mujer del alcalde, queriendo salvar a su marido con una maniobra de diversión, redobló su actividad. Wolf sonreía con una sonrisa vaga. No escuchaba ni una palabra. Estaba en otra parte.

—Nos sentimos orgullosos —prosiguió el alcalde— de poder hoy aclamar, con colérica alegría, la notable solución ideada por nuestro gran coadjúpilo aquí presente, Wolf, para eliminar totalmente las dificultades que resultan de la superproducción de metal para la fabricación de máquinas. Y como no puedo deciros más, ya que, personalmente y como es habitual, no sé nada en absoluto de lo que se trata, puesto que soy miembro de la Administración, cedo la palabra a la banda de música, que va a interpretar una pieza de su repertorio.

Con gran agilidad, el tambor mayor dio un puntapié a la luna, seguido de medio salto mortal hacia atrás, y en el preciso momento en que tocó el suelo, el tuba soltó una gruesa nota de obertura que se puso a revolotear graciosamente. Y luego los músicos se fueron introduciendo subrepticiamente por los intervalos, hasta que pudo reconocerse la melodía tradicional. Como la muchedumbre se acercaba demasiado, los hombres de la guardia hicieron una descarga general que desanimó a la mayor parte de los presentes, mientras que los cuerpos de los demás quedaban hechos jirones.

El Cuadrado se vació en pocos segundos. Quedaban en él Wolf, el cadáver del pífano, unos cuantos papeles grasientos y un pedazo de estrado. Las espaldas alineadas de los hombres de la guardia se alejaban marcando el paso, hasta que desaparecieron.

Wolf suspiró. La fiesta había terminado. Desde detrás del muro del Cuadrado, allá a lo lejos, llegaba aún el ruido de la charanga, que se iba alejando a sacudidas, con súbitos rebrotes. El motor acompañaba la música con su inagotable ronroneo.

Vio a lo lejos a Lazuli que iba a su encuentro. Folavril le acompañaba, pero se separó de él antes de que se reuniera con Wolf. Inclinaba la cabeza al andar y, con su vestido de dibujos amarillos y negros, parecía una salamandra rubia.

Y ahora Wolf y Lazuli se encontraban otra vez solos, como la tarde en que el motor se puso en marcha. Wolf llevaba guantes de cuero rojo y botas de cuero forradas de piel de cordero. Se había puesto un mono acolchado y un casco que le dejaba al descubierto la parte superior de la cara. Estaba preparado. Lazuli le miraba, un poco pálido. Wolf tenía la vista baja.

—¿Está todo a punto? —dijo, sin levantar la cabeza.

—Todo —dijo Lazuli—. La caja está vacía. Y los elementos en su lugar.

—¿Es la hora? —preguntó Wolf.

—Faltan cinco o seis minutos —dijo Lazuli—. Aguantará, ¿verdad?

Su tono, un poco preocupado, conmovió a Wolf.

—No temas —dijo—. Aguantaré.

—¿Tiene esperanzas? —preguntó Lazuli.

—Como no las tenía desde hace muchísimo tiempo —dijo Wolf—. Pero no me inspira mucha confianza. Ocurrirá como las otras veces.

—¿Qué pasó las otras veces? —dijo Lazuli.

—Nada —respondió Wolf—. Una vez terminado, no quedaba nada. Sólo decepción. En fin... no se puede permanecer siempre a ras del suelo.

Lazuli tragó saliva dificultosamente.

—Todo el mundo tiene sus pequeños problemas —dijo.

Y volvió a ver en su imaginación al hombre que le miraba cada vez que besaba a Folavril.

—Claro —dijo Wolf.

Levantó la vista.

—Esta vez —dijo— lo voy a conseguir. Desde ahí dentro, las cosas no pueden ser iguales.

—Es un poco arriesgado, de todos modos —murmuró Lazuli—. Tenga mucho cuidado. Los vientos pueden ser peligrosos.

—Todo irá bien —dijo Wolf.

Y añadió, sin ninguna lógica:

—Tú amas a Folavril, ella te ama a ti. Nada os lo puede impedir.

—Casi nada... —respondió Lazuli como un falso eco.

—¿Y entonces? —dijo Wolf.

Hubiera deseado que todo fuera pasión. Ver, por lo pronto, le aclararía las ideas. Abrió la puerta de la cabina, metió un pie, y sus manos enguantadas se crisparon sobre las barras. La vibración del motor recorría sus dedos. Se sentía como una araña en una tela que no es la suya.

—Es la hora —dijo Lazuli.

Wolf hizo un gesto con la cabeza y, mecánicamente, se colocó en posición. La puerta de acero gris se cerró sobre él. En la cabina empezó a soplar el viento. Primero suavemente, luego se consolidó, como se espesa el aceite con el frío. Cambiaba de dirección sin previo aviso, y Wolf, cuando el aire le golpeaba de frente, tenía que pegarse con todo su cuerpo a la pared, y sentía en su rostro el frío del acero mate. Respiraba a ritmo lento para no cansarse. La sangre le corría con regularidad por las venas.

No se atrevía aún a mirar hacia abajo. Esperaba a estar más acostumbrado, y se empeñaba en mantener los ojos cerrados cada vez que la fatiga le obligaba a bajar la cabeza. Llevaba sujetas a las caderas dos correas de cuero ensebado con ganchos de hierro en las puntas, que fijaba a dos anillas cercanas cuando quería descansar las manos.

Jadeaba penosamente, y le empezaban a doler las rodillas. El aire se enrarecía, su pulso se aceleraba, y sentía como un vacío en el fondo de sus pulmones.

De pronto observó, a lo largo del montante de la derecha, una huella oscura y reluciente, como un reguero de gres fundido en las paredes abombadas de una vasija de barro. Se detuvo, enganchó las correas y palpó con el dedo, con cuidado. Era viscoso. Levantando la mano, observó, a contraluz, que una gota de color rojo oscuro quedaba suspendida de la punta de su dedo índice. La gota se espesó, se alargó en forma de pera y, de pronto, se desprendió de su dedo, cayendo en un hilo como si fuera aceite. Le resultó desagradable, sin que hubiera ninguna razón para ello. Sobreponiéndose a su disgusto, logró aguantar un minuto antes de que el cansancio de sus piernas temblorosas le obligara a inmovilizarse por completo.

Lentamente, con gran dificultad, alcanzó el otro extremo de la cabina y enganchó las dos correas. Esta vez se dejó ir del todo, y quedó flotando en el extremo de sus cintas de cuero. Sentía que su peso le aplastaba la cintura. En una esquina de la cabina, ante sus ojos, el líquido rojo seguía fluyendo, perezoso y lento, describiendo un camino sinuoso sobre el acero. Sólo de vez en cuando un espesamiento local indicaba su movimiento; de no ser por algún esporádico reflejo, por una que otra sombra, se hubiera dicho una línea inmóvil.

Wolf esperó. Los movimientos desordenados de su corazón se apaciguaron. Sus músculos empezaban a habituarse a la cadencia acelerada de su respiración. Estaba solo en la cabina y, a falta de puntos de referencia, ya no era consciente de sus movimientos.

Contó cien segundos más. A pesar de los guantes, sus dedos percibieron el contacto crujiente con la escarcha que se estaba formando. Ahora había mucha luz. Le costaba mirar, le lloraban los ojos. Se soltó de una mano y con la otra se colocó las gafas de protección, hasta el momento levantadas sobre el casco. Dejó de parpadear y de sentir dolor. Todo se había vuelto tan nítido como en el interior de un acuario.

Tímidamente, lanzó una mirada a sus pies. La vertiginosa fuga del suelo visible le cortó la respiración. Se encontraba en el centro de un huso, uno de cuyos extremos se perdía en el cielo y el otro surgía del hoyo.

A tientas, con los ojos cerrados para no vomitar, desenganchó las correas y se dio la vuelta para adosarse a la pared. Una vez en esta posición, volvió a atarse y, separando bien las piernas, se decidió a abrir de nuevo los ojos. Tenía los puños apretados como piedras.

De las regiones superiores caían vagos regueros de polvo brillante, inaccesible, y el cielo ficticio palpitaba al infinito, horadado de luces. Wolf tenía la cara helada y húmeda.

Ahora le temblaban las piernas, y no era la vibración del motor lo que las hacía temblar. Poco a poco, metódicamente, consiguió sin embargo recobrar el control de sí mismo.

En ese momento se dio cuenta de que estaba rememorando. No luchó contra los recuerdos y se controló más a fondo, bañado en el pasado. La escarcha crujiente cubría sus ropas de cuero de un caparazón brillante, resquebrajado en las muñecas y en las rodillas.

Jirones de los tiempos de antaño se apiñaban a su alrededor, ya dulces como ratones grises, furtivos y móviles, ya fulgurantes y llenos de vida y de sol; otros manaban tiernos y lentos, fluidos, firmes y ligeros, parecidos a la espuma del mar.

Otros tenían la precisión, la fijeza de las falsas imágenes de infancia establecidas años más tarde por medio de fotografías o de las conversaciones de los que se acuerdan, de aquellas imágenes que es imposible revivir porque su sustancia se desvaneció hace mucho tiempo.

Y otros renacían, como nuevos, a medida que los iba evocando; los de los jardines, de la hierba y del aire, cuyos mil matices de verde y amarillo se funden en el esmeralda del césped que se oscurece hasta parecer negro a la fresca sombra de los árboles.

Wolf temblaba en el aire lívido y rememoraba. Su vida se iluminaba ante él al ritmo ondulante de las pulsaciones de su memoria.

A su derecha y a su izquierda, el pesado fluido embadurnaba los montantes de la cabina.

14

Y primero acudieron en tropel, como un gran incendio de olores, de luz y de murmullos.

Estaban los portabolas, cuyos frutos rugosos se ponen a secar para obtener la áspera pelusilla que se tira en el cuello de la gente. Hay quien los llama plátanos. Esta palabra en nada altera sus propiedades.

Estaban las hojas tropicales armadas de largos ganchos córneos y pardos, semejantes a los de insectos combatientes.

Estaban los cabellos cortos de aquella niña, en preparatorio de ingreso, y el delantal grisáceo del niño del que Wolf tenía envidia.

Los grandes jarrones rojos a ambos lados de la escalinata que la llegada de la noche transformaba en indios salvajes, y la incertidumbre de la ortografía.

La caza de lombrices con el palo de una escoba.

Aquella habitación inmensa cuya bóveda esférica podía vislumbrarse levantando una punta del edredón abombado como el vientre enorme del gigante que comía corderos.

La melancolía de las relucientes castañas que se veían caer todos los años, castañas ocultas entre las hojas amarillas, con su blando zurrón de espinas que apenas pinchaban hendido en dos o en tres, y que servían para jugar, talladas como máscaras, semejantes a pequeños gnomos, enhebradas en collares de tres o cuatro vueltas, castañas podridas que reventaban en un juego nauseabundo, castañas lanzadas contra los cristales de las ventanas.

Eso fue el año que, al volver de vacaciones, los ratones habían roído sin miramientos las velas en miniatura, guardadas en el cajón de abajo, que habían iluminado la tienda de comestibles de juguete... y Wolf volvía a sentir la alegría que tuvo al comprobar, abriendo el cajón vecino, que habían dejado intacto el paquete de pasta de letras con las que se divertía, durante la cena, escribiendo su nombre en el plato mientras comía la sopa.

¿Dónde estaban los recuerdos puros? En casi todos se funden impresiones de otras épocas que se les superponen y les confieren una realidad distinta. Los recuerdos no existen: es otra vida revivida con otra personalidad, y que en parte es consecuencia de esos mismos recuerdos. No se puede invertir el sentido del tiempo, a menos que se viva con los ojos cerrados y los oídos sordos.

En medio del silencio, Wolf cerró los ojos. Se sumergía cada vez más hacia delante, y ante él se iba extendiendo el mapa sonoro, en cuatro dimensiones, de su ficticio pasado.

Sin duda, había ido bastante aprisa, porque en ese momento vio desaparecer la pared de la cabina que tenía delante.

Soltó los ganchos que aún lo sujetaban, y salió al otro lado.

72

15

Un débil sol de otoño brillaba por entre el follaje amarillo de los castaños.

Ante Wolf se abría un camino en suave pendiente. El suelo estaba seco y un poco polvoriento en el centro, y era más oscuro en los bordes, donde quedaban algunas aureolas de barro fino, sedimentos que habían dejado los charcos de un chubasco reciente.

Por entre las hojas crujientes relucían los dorsos de color caoba de las castañas, algunas de las cuales estaban envueltas en sus zurrones de color incierto, del beige oxidado al verde almendra. A uno y otro lado del camino, un descuidado césped ofrecía su irregular superficie a las caricias del sol. La hierba amarillenta se erizaba de esporádicos cardos y granadas plantas vivaces.

El camino parecía desembocar en unas ruinas rodeadas de un zarzal no muy alto. Sobre un banco de piedra blanca, delante de las ruinas, Wolf distinguió la silueta de un anciano sentado que llevaba un traje de lino. Cuando estuvo más cerca comprobó que lo que había tomado por un traje era en realidad una barba, una vasta barba plateada que daba cinco o seis vueltas al cuerpo del hombre.

A su lado, en el banco, había una plaquita de cobre bien bruñido con un nombre grabado en negro en el centro: Monsieur Perle.

Al aproximarse, Wolf observó que la cara del viejo estaba arrugada como un globo rojo medio desinflado. Tenía una nariz enorme, con dos grandes orificios erizados de pelos, cejas prominentes sobre dos ojos centelleantes, y pómulos brillantes como pequeñas manzanas. Su pelo blanco, tieso y corto como el de un cepillo, recordaba una carda de algodón. Sus manos deformadas por la edad, con grandes uñas cuadradas, reposaban sobre sus rodillas. Por toda vestimenta llevaba un bañador pasado de moda, a rayas verdes y blancas, y unas sandalias demasiado grandes para sus pies llenos de callos.

—Me llamo Wolf —dijo Wolf.

Señaló la placa de cobre:

—¿Es ése su nombre?

El viejo asintió.

—Soy Monsieur Perle —dijo—. Efectivamente. Léon-Abel Perle. Bueno, Monsieur Wolf, le toca a usted. Veamos, veamos, ¿de qué podría usted hablarme?

—No sé —dijo Wolf.

El viejo adoptó la expresión de asombro y condescendencia de quien se hace una pregunta a sí mismo y no espera ni la más mínima reacción ajena.

—Claro, claro, no lo sabe —dijo.

Farfullando por dentro de su barba, sacó de pronto, de no se sabe dónde, un legajo de fichas, que se puso a consultar.

—Veamos... veamos... —dijo—. Monsieur Wolf... sí... nacido el... en... muy bien, bueno... ingeniero... sí... sí, todo esto está muy bien. Bueno, Monsieur Wolf, ¿puede usted hablarme detalladamente de sus primeras manifestaciones de inconformismo?

Wolf encontraba al viejo un poco extraño.

—¿Y qué... y a usted qué le importa? —preguntó por fin.

El viejo hizo tss... tss... con la lengua contra los dientes.

—Venga, venga —dijo—, supongo que le habrán enseñado a contestar de otro modo, ¿no?

Empleaba el tono que se pone a disposición de un interlocutor dotado de una fuerte carga de inferioridad.

Wolf se encogió de hombros.

—No veo por qué le interesa —contestó—. Y menos si se tiene en cuenta que no he protestado en mi vida. Triunfé cuando creí poder hacerlo, y en el caso contrario ignoré siempre las cosas que sabía que me iban a oponer resistencia.

—O sea que no las ignoraba tanto como para no saber por lo menos eso —dijo el viejo—. Las conocía usted lo suficiente como para simular que las ignoraba. Venga, procure responder honestamente y no andarse por las ramas. Y en realidad, ¿no ocurría que sólo existían cosas que le oponían resistencia?

—Monsieur —dijo Wolf—, no sé quién es usted, ni con qué derecho me hace estas preguntas. Pero dado que suelo esforzarme, en cierta medida, por ser respetuoso con los ancianos, voy a responderle en pocas palabras. Verá, yo siempre me he creído capaz, objetivamente, de ponerme en la situación de todo lo que me fuera antagonista; en consecuencia, jamás pude luchar contra lo que se me oponía, ya que me daba cuenta de que un planteamiento opuesto no podía sino equilibrar el mío, ante quien no tuviera razón subjetiva alguna para preferir lo uno o lo otro. Eso es todo.

—Es un poco grosero —dijo el viejo—. Según mis fichas, usted ha tenido más de una vez razones subjetivas, como usted dice, y ha elegido. A ver... aquí está... veo aquí una circunstancia...

—Lo eché a cara o cruz —dijo Wolf.

—Oh —dijo el viejo, asqueado—. Es usted repugnante. Bueno, ¿quiere decirme entonces a qué ha venido aquí?

Wolf miró a derecha e izquierda, suspiró y, por fin, se decidió:

—Para hacer un repaso de mi vida.

—Muy bien —dijo Monsieur Perle—. Eso es exactamente lo que le estoy proponiendo y usted no hace más que ponerme dificultades.

—Es usted demasiado desordenado... —dijo Wolf—. No puedo contárselo todo, así, sin orden ni concierto, al primero que se presenta. Hace ya diez minutos que me está interrogando y no ha progresado lo más mínimo. Quiero preguntas concretas.

Monsieur Perle se acarició la enorme barba, agitó el mentón de arriba abajo y un poco hacia los lados, y miró a Wolf con expresión severa.

—¡Ah! —dijo—. Ya veo que las cosas no van a ser nada fáciles. Así que se imagina usted que le estaba interrogando al azar, sin un plan preestablecido.

—Es evidente —dijo Wolf.

—Usted sabe perfectamente lo que es una muela, claro —dijo Monsieur Perle—. Pero ¿sabe de qué está hecha?

—No las he estudiado especialmente —dijo Wolf.

—Una muela —dijo Monsieur Perle— está hecha de granos de abrasivo, que son los que hacen el trabajo, por una parte, y por otra de aglomerante, que mantiene los granos unidos y que debe desgastarse antes que ellos, para que puedan irse liberando. Los que actúan son los cristales, es cierto: pero el aglomerante es también indispensable; sin él, no existiría más que un amasijo de piezas no exentas de brillo y dureza, pero tan desorganizadas e inútiles como una recopilación de máximas.

—Bueno —dijo Wolf—, ¿y qué?

—Pues que tengo un plan —dijo Monsieur Perle—, sí, señor, y que voy a hacerle preguntas muy concretas, duras y aceradas; pero la salsa con que usted aderezará los hechos es para mí tan importante como los hechos mismos.

—Comprendido —dijo Wolf—. Hábleme un poco de ese plan.

16

—El plan —dijo Monsieur Perle— es sencillísimo. Nos movemos sobre la base de dos factores determinantes: usted es occidental y católico. De ello se deduce que debemos adoptar el siguiente orden cronológico:

1.º) relaciones con su familia;
2.º) etapa escolar y estudios posteriores;
3.º) primeras experiencias religiosas;
4.º) pubertad, vida sexual en la adolescencia y, si es el caso, matrimonio;
5.º) actividad en cuanto célula de un cuerpo social;
6.º) si han existido, inquietudes metafísicas posteriores, nacidas de una toma de contacto más estrecho con el mundo, y que pueden estar relacionadas con el punto 2.º en caso de que usted, al contrario de la mayoría de los hombres de su especie, se hubiera mantenido en contacto con la religión en los años siguientes a su primera comunión.

Wolf reflexionó, sopesó, ponderó y dijo:
—Es un plan posible. Naturalmente...
—Claro —atajó Monsieur Perle—. Podríamos abor-

darlo desde otro punto de vista que no fuera el cronológico, e incluso invertir el orden de algunos puntos. En lo que a mí se refiere, estoy encargado de hacerle preguntas sobre el primer punto, y solamente sobre ése. Relaciones con su familia.

—Es una cuestión obvia —dijo Wolf—. Todos los padres son iguales.

Monsieur Perle se levantó y empezó a andar de un lado para otro. Los fondillos de su viejo bañador colgaban sobre sus delgadas piernas como una vela en calma chicha.

—Por última vez —dijo—, le ruego que deje de comportarse como un niño. Ahora va en serio. ¡Todos los padres son iguales! ¡No me diga! Así que como los suyos le trataban bien, para usted es como si no existieran.

—Mis padres eran buenos, es cierto —dijo Wolf—, pero con padres malos se reacciona más violentamente, lo que, a fin de cuentas, es beneficioso.

—No —dijo Monsieur Perle—. Se gasta más energía, pero al final, como se ha recorrido el camino más largo, se llega al mismo punto; es un despilfarro. Evidentemente, cuantos más obstáculos ha vencido uno, más tentado se siente de creer que ha llegado más lejos. Eso es falso. Luchar no significa avanzar.

—Lo pasado, pasado está —dijo Wolf—. ¿Puedo sentarme?

—Vaya —dijo Monsieur Perle—, veo que tiene usted ganas de ser insolente conmigo. En todo caso, si es mi bañador lo que le hace reír, piense que también podría no llevarlo.

A Wolf se le ensombreció el semblante.

—No me río —dijo, prudente.

—Puede sentarse —terminó Monsieur Perle.

—Gracias —dijo Wolf.

Se dejaba influir, a su pesar, por el tono grave de Monsieur Perle. Ante sus ojos, el rostro bonachón del viejo se recortaba sobre un fondo de hojas oxidadas por el otoño, como finas virutas de cobre. Cayó una castaña, y las perforó con un ruido de pájaro que emprende el vuelo. El fruto y su zurrón aterrizaron con un suave crujido.

Wolf reunía sus recuerdos. Se daba cuenta ahora de que Monsieur Perle tenía razón al no preocuparse en exceso del plan. Las imágenes acudían en desorden, al azar, como números extraídos de una bolsa. Se lo dijo:

—¡Se va a mezclar todo!

—Ya me las apañaré —dijo Monsieur Perle—. Venga, dígalo todo. El abrasivo y el aglomerante. Y no olvide que es el aglomerante el que da forma al abrasivo.

Wolf se sentó y ocultó su rostro entre las manos. Empezó a hablar con voz neutra, sin matices, indiferente.

—Era una casa grande —dijo—. Una casa blanca. No me acuerdo bien del principio, veo las caras de los criados. Muchas mañanas iba a la cama de mis padres, y de vez en cuando mi padre y mi madre se besaban en la boca delante de mí, y me resultaba muy desagradable.

—¿Cómo se portaban con usted? —preguntó Monsieur Perle.

—Nunca me pegaron —dijo Wolf—. Era imposible hacerles enfadar. Había que hacerlo adrede. Había que hacer trampas. Cada vez que tenía ganas de encolerizarme, no tenía más remedio que simularlo, y lo hacía bajo pretextos tan fútiles y vanos que ya no puedo recordarlos.

Cogió aliento. Monsieur Perle no decía palabra, y su vieja cara se arrugaba por la atención.

—Siempre estaban temiendo que me pasara algo —dijo Wolf—. No podía asomarme a las ventanas, no podía cruzar la calle solo, bastaba con que hiciera un poco de viento para que me envolvieran en mi piel de cabra, y ni en verano abandonaba mi chaleco de lana, uno de esos jerseys amarillentos y deformes que nos hacían con lana de la región. Y en cuanto a mi salud, era una cosa espantosa. Hasta los quince años no me dejaron beber otra cosa que agua hervida. Pero lo que evidenciaba la cobardía de mis padres era el hecho de que ellos no se cuidaban, de que con su conducta hacia ellos mismos contradecían su actitud hacia mí. Por fuerza tenía yo que acabar sintiendo miedo, y pensando que era muy frágil, y casi me alegraba salir a la calle, en invierno, sudando bajo una docena de bufandas de lana. Durante toda mi infancia, mi padre y mi madre asumieron la tarea de apartar de mí todo lo que pudiera lastimarme. Moralmente, sentía un vago malestar, pero mi débil carne se regocijaba hipócritamente.

Se rió con sorna.

—Un día encontré a unos muchachos que paseaban por la calle con el impermeable colgado del brazo, mientras que yo iba sudando enfundado en mi pesado abrigo de invierno, y sentí vergüenza. Me miré en el espejo, y vi a un patoso hinchado, amordazado y encasquetado como una larva de abejorro. Dos días más tarde, llovía: me quité la chaqueta y salí a la calle. Lo hice con toda la calma del mundo, para que mi madre tuviera oportunidad de intentar retenerme. Pero había dicho «voy a salir» y tuve que hacerlo. Y a pesar de que mi miedo a resfriarme me enturbiaba la alegría de haberme librado de lo que me avergonzaba, tuve que salir porque me daba vergüenza tener miedo de resfriarme.

Monsieur Perle carraspeó.

—Hum, hum —dijo—. Todo esto está muy bien.

—¿Es eso lo que me preguntaba? —dijo Wolf recobrando bruscamente la conciencia.

—Más o menos —dijo Monsieur Perle—. Ya ve lo fácil que es, una vez que se empieza. ¿Qué ocurrió cuando regresó a casa?

—Fue una escena terrible —dijo Wolf—. Guardando las debidas proporciones.

Reflexionó, con la mirada perdida.

—Se mezclan varias cosas distintas —dijo—. Mi deseo de vencer mi debilidad y el sentimiento de que debía esa debilidad a mis padres, y la tendencia de mi cuerpo a abandonarse a esa debilidad. Es curioso, sabe, mi lucha contra el orden establecido empezó como un acto de vanidad. Si no me hubiera visto tan ridículo en aquel espejo... Fue lo grotesco de mi aspecto físico lo que me abrió los ojos. Y lo ostensiblemente grotescas que resultaban ciertas diversiones familiares acabó de asquearme. Sabe, íbamos de picnic y llevábamos nuestra propia hierba, para poder sentarnos en la carretera y no ser importunados por los bichos. En un desierto, me habría gustado... la ensaladilla rusa, los caracoles, los macarrones... Pero bastaba con que pasara alguien para que todas esas formas humillantes de la civilización familiar, los tenedores, los vasos de aluminio y todo eso, me hicieran hervir la sangre, me encolerizaran, y entonces dejaba el plato y me alejaba para que pareciera que yo no tenía nada que ver, o me instalaba al volante del coche vacío, lo cual me confería una especie de virilidad mecánica. Y mientras tanto mi yo débil me iba soplando al oído: «Con tal de que quede ensaladilla rusa y jamón...», y entonces sentía vergüenza de mí mismo, vergüenza de mis padres, y les odiaba.

—¡Pero si los quería mucho! —dijo Monsieur Perle.

—Desde luego —dijo Wolf—. Y, sin embargo, la imagen de un cesto con el asa rota, del que sobresalen el termo y el pan, basta aún hoy para ponerme fuera de mí, me da ganas de matar.

—Lo que le molestaba era la posibilidad de que hubiera observadores —dijo Monsieur Perle.

—Desde ese momento —dijo Wolf—, mi vida exterior se ha desarrollado en función de esos observadores. Es lo que me ha salvado.

—¿Se considera usted salvado? —dijo Monsieur Perle—. Resumiendo: usted reprocha a sus padres que hayan alentado en usted una tendencia a la pusilanimidad que usted, por debilidad, se sentía inclinado a satisfacer, pero que, moralmente, le disgustaba soportar. Lo que le indujo a intentar dar a su vida un esplendor del que carecía y, como consecuencia, a dar más importancia de la debida a la actitud de los demás hacia usted. Se encontraba usted en una situación dominada por imperativos contradictorios, y la decepción era inevitable.

84

—Y el sentimiento —dijo Wolf—. Estaba abrumado por el sentimiento. Me querían demasiado; y como yo no quería a nadie, llegaba a la lógica conclusión de que los que me amaban eran estúpidos... incluso perversos; y, poco a poco, me fui construyendo un mundo a mi medida... un mundo sin bufandas ni padres. Un mundo vacío y luminoso como un paisaje boreal, un mundo por el que yo vagaba, infatigable y duro, con la nariz atenta y el ojo avizor... sin parpadear ni una sola vez. Me entrenaba durante horas, detrás de una puerta, y los ojos me lloraban lágrimas dolorosas que yo no vacilaba en derramar sobre el altar del heroísmo; inflexible, dominante, despreciativo, vivía intensamente...

Rió alegremente.

—Sin darme cuenta ni por un instante —concluyó— de que no era más que un niño gordinflón, de que la mueca de desprecio de mi boca, encuadrada por mis rollizas mejillas, me daba aspecto de tener ganas de hacer pipí.

—Bueno —dijo Monsieur Perle—, los sueños de heroísmo son frecuentes en los niños. Además, esto ya me basta para calificarle.

—Es curioso... —dijo Wolf—. Esa reacción contra la ternura, esa preocupación por la opinión ajena eran un primer paso hacia la soledad. Porque tuve miedo, porque pasé vergüenza, porque me sentí decepcionado, quise jugar al héroe indiferente. ¿Hay alguien más solo que un héroe?

—¿Hay alguien más solo que un muerto? —dijo Monsieur Perle, con aire indiferente.

Quizá Wolf no lo oyó. No dijo nada.

—Bueno —dijo Monsieur Perle—, le doy las gracias, es por allí.

Señaló con el dedo el recodo del camino.

—¿Nos volveremos a ver? —dijo Wolf.

—No lo creo —dijo Monsieur Perle—. Buena suerte.

—Gracias —dijo Wolf.

Vio cómo Monsieur Perle se enrollaba en su barba y se tendía cómodamente en su banco de piedra blanca. Luego se dirigió hacia la curva del camino. Las preguntas de Monsieur Perle habían hecho surgir en él mil rostros, mil días que danzaban en su cabeza como las luces de un calidoscopio demente.

Después, de pronto, la oscuridad.

17

Lazuli tiritaba. La noche había caído de golpe, compacta y ventosa, y el cielo aprovechaba para acercarse al suelo, abrigándolo con su mórbida amenaza. Wolf no había vuelto aún, y Lazuli se preguntaba si no habría que ir a buscarlo. Quizá Wolf se ofendiera. Se acercó al motor para robarle un poco de calor, pero el motor apenas calentaba.

Desde hacía algunas horas, las paredes del Cuadrado se habían fundido en la masa algodonosa de las sombras, y se veían parpadear, no muy lejos, los ojos rojos de la casa. Seguro que Wolf había avisado a Lil que volvería tarde, pero, a pesar de ello, Lazuli estaba esperando a cada momento verla aparecer con una linterna.

Así, como no se lo esperaba, se dejó sorprender por la llegada de Folavril, sola en la oscuridad. La reconoció cuando estuvo muy cerca de él, y sintió calor en las manos. Ella, amable y flexible como una liana, se dejó abrazar. El le acarició el grácil cuello, la estrechó contra su cuerpo y murmuró, con los ojos entornados, palabras de letanía; pero ella, de repente, lo sintió contraerse, petrificarse.

Fascinado, Lazuli veía a su lado a un hombre de tez pálida, vestido de oscuro, que les estaba mirando. Su boca dibujaba una barra negra en su cara; sus ojos parecían venir de muy lejos. Lazuli jadeaba. No podía soportar que alguien escuchara lo que decía a Folavril. Se apartó de ella y apretó los puños hasta que se le blanquearon los nudillos.

—¿Qué quiere usted? —dijo.

Sintió, sin verlo, el asombro de la muchacha rubia, y, durante una fracción de segundo, volvió la cabeza. Sorprendida, con una media sonrisa de sorpresa. Aún no inquieta. Miró de nuevo al hombre... ya no había nadie. Lazuli se puso a temblar, el frío de la vida le helaba el corazón. Permanecía junto a Folavril, anonadado, viejo. No decían nada. La sonrisa había desaparecido de los labios de Folavril. Ella le pasó el brazo en torno al cuello y le mimó como a un bebé, acariciándole el corte preciso de sus cabellos detrás de la oreja.

En ese momento oyeron el choque sordo de los tacones de Wolf contra el suelo, quien cayó pesadamente a su lado. Quedó de rodillas, encorvado, sin fuerzas, con la cabeza entre las manos. Se apreciaba en su mejilla un gran reguero negro, espeso y viscoso, como una cruz de tinta sobre unos deberes mal hechos; sus doloridos dedos digerían a duras penas la larga atadura a que habían estado sometidos.

Olvidando su propia pesadilla, Saphir descifraba en el cuerpo de Wolf las huellas de una inquietud distinta. La tela de su traje protector brillaba de microscópicas gotitas, como perlas, y él permanecía abatido, casi como un cadáver, al pie de la máquina.

Folavril se deshizo de Saphir y se acercó a Wolf. Le cogió las muñecas con sus cálidos dedos y, sin intentar separárselas, las estrechó amistosamente. Al mismo tiempo, hablaba con voz envolvente y cantarina, le decía que volviera a casa, donde se estaba caliente, donde había un gran círculo de luz sobre la mesa, donde Lil le esperaba; y Saphir se inclinó hacia Wolf y le ayudó a levantarse. Le guiaron, paso a paso, por entre las sombras. Wolf andaba con dificultades. Arrastraba un poco la pierna derecha, llevaba un brazo apoyado en los hombros de Folavril. Saphir le sostenía del otro lado. Hicieron el camino en completo silencio. De los ojos de Wolf caía sobre la hierba de sangre una luz hostil y fría que difundía ante ellos la tenue huella de su doble haz, que se iba esfumando de segundo en segundo; cuando llegaron a la puerta de la casa la masa opaca de la noche acababa de cerrarse sobre ellos.

18

Cubierta con una bata ligera, Lil, sentada frente al tocador, se arreglaba las uñas. Las había tenido en remojo durante tres minutos en jugo de enredadera descalcificada, para ablandar la cutícula y mantener la lúnula en su cuarto creciente. Preparaba minuciosamente la pequeña jaula de fondo móvil en la que dos coleópteros especializados se afilaban las mandíbulas, a la espera del momento en que, puestos al pie del cañón, se encargarían de hacer desaparecer las pieles. Animándolos con palabras escogidas, Lil se colocó la jaula sobre la uña del pulgar y abrió la trampilla. Los insectos se pusieron a trabajar con un ronroneo de satisfacción, animados por un enfermizo sentimiento de emulación. Bajo los rápidos golpes del primero, las pieles se iban transformando en polvo; el otro daba el último toque, recortando y alisando los bordes cercenados por su pequeño camarada.

Hubo un repiqueteo contra la puerta y entró Wolf. Iba afeitado y raspado, y tenía buen aspecto, aunque estaba un poco pálido.

—¿Puedo hablar contigo, Lil? —preguntó.

—Ven —dijo ella, haciéndole sitio en la banqueta de raso apolillado.

—No sé de qué vamos a hablar —dijo Wolf.

—No es grave —dijo Lil—. De todos modos, no hablamos casi nunca... No te será difícil encontrar algo. ¿Qué has visto en la máquina?

—No es a contártelo, a lo que he venido —protestó Wolf.

—Ya lo sé —dijo Lil—. Pero, a pesar de todo, prefieres que te lo pregunte.

—No puedo contestarte —dijo Wolf—, porque no es nada agradable.

Lil se trasladó la jaula del pulgar al índice.

—No te irás a tomar esa máquina tan a lo trágico —dijo—. A fin de cuentas, es una iniciativa que no ha partido de ti.

—En general —dijo Wolf—, cuando una vida atraviesa un momento crucial no es porque lo haya premeditado.

—Esa máquina es peligrosa —dijo Lil.

—A veces es necesario ponerse en una situación peligrosa, o un poco desesperada —dijo Wolf—. Es excelente, siempre y cuando no lo hayas hecho del todo a propósito, como es mi caso.

—¿Por qué sólo un poco a propósito? —dijo Lil.

—Ese poco que hace falta es para poder contestarse, si se tiene miedo, «yo me lo he buscado» —dijo Wolf.

—Todo esto son niñerías —dijo Lil.

La jaula pasó del índice al medio. Wolf contemplaba los coleópteros.

—Todo lo que no sea un color, un perfume o una música —dijo contando con los dedos— es una niñería.

—¿Y una mujer? —protestó Lil—. ¿La propia mujer?

—Una mujer no, lógicamente —dijo Wolf—, porque, como mínimo, es las tres cosas a la vez.

Guardaron silencio un instante.

—Parece que te has decidido a decirme cosas tremendamente superiores —dijo Lil—, y existe un buen sistema para pararte los pies, pero no quiero estropearme las uñas que tanto me ha costado arreglar. De modo que sal con Lazuli. Coges dinero y vais a distraeros los dos, os hará bien.

—Ver las cosas desde allí dentro —dijo Wolf— reduce notablemente el campo de interés.

—Eres un eterno desanimado —dijo Lil—. Lo curioso es que sigas haciendo cosas, con una mentalidad así. De todos modos, no es que lo hayas probado todo...

—Lil mía —dijo Wolf.

Era cálida en su bata azul. Olía a jabón y a perfumes recalentados sobre su piel. Wolf la besó en el cuello.

—¿Y con usted, lo he probado todo? —añadió, burlón.

—Claro —dijo Lil—, y espero que sigas probando otras cosas, pero me estás haciendo cosquillas y vas a estropearme las uñas, por lo que me parece preferible que vayas a hacer un poco el tonto con tu ayudante. Que no te vuelva a ver antes de esta noche... y no me vayas a contar luego todo lo que habéis hecho. Y nada de máquina, hoy. Vive un poco, en vez de machacar siempre con lo mismo.

—La máquina hoy no me hace ninguna falta —dijo Wolf—. Con lo que he olvidado me basta para por lo menos tres días. ¿Por qué quieres que salga sin ti?

—Mucho no te gusta salir conmigo —dijo Lil—, y como hoy no estoy de mal humor, prefiero que te vayas. Anda, ve a buscar a Lazuli. Y dejadme a Folavril, ¿eh? Ya te gustaría tener esta excusa para salir con ella y decirle a Lazuli que se fuera a manosear tu asqueroso motor.

—Eres tonta... y maquiavélica —dijo Wolf.

Se levantó y volvió a agacharse para besar uno de los pechos de Lil, que se mostró especialmente apetitoso una vez que Wolf estuvo frente a él.

—¡Vete! —dijo Lil, dándole un capón con la otra mano.

Wolf salió, cerró la puerta y subió un piso. Llamó a la puerta de Lazuli, quien dijo adelante y apareció en su cama, con el ceño fruncido.

—¿Sí? —dijo Wolf—. Es triste, ¿eh?

—¡Ah, sí! —suspiró Lazuli.

—Ven —dijo Wolf—. Vamos a dar un garbeo en plan de solteros.

—¿De qué tipo? —dijo Lazuli.

—Solteros poco formales —dijo Wolf.

—Entonces no me llevo a Folavril, ¿no? —dijo Lazuli.

—Ni hablar —dijo Wolf—. Por cierto, ¿dónde está?

—En su casa —dijo Lazuli—. Se está arreglando las uñas. ¡Puaf!

Bajaron la escalera. Al llegar al rellano de su piso, Wolf se detuvo.

19

—No estás de buen humor —observó.

—Usted tampoco —dijo Lazuli.

—Vamos a tomar un reconstituyente —dijo Wolf—. Tengo un *clarote* cosecha 1924 especialmente idóneo. Consuela.

Condujo a Lazuli al comedor y abrió el armario. Había una buena botella de *clarote* medio vacía.

—Tendremos bastante —dijo Wolf—. ¿A morro?

—Sí —dijo Lazuli—. Como los hombres.

—Que somos —dijo Wolf para reafirmarse en su decisión.

—La tranca al viento —dijo Lazuli mientras Wolf bebía—. La tranca al viento y a la mierda las campanas. Y viva los recipiendarios. Páseme eso, no se lo beba todo.

Con el dorso de una mano, Wolf se enjugó los morros.

—Tienes pinta de estar mosqueado —dijo.

—¡Glup! —hizo Lazuli.

Y añadió:

—Soy muy malo disimulando.

La botella vacía, consciente de su total inutilidad, se encogió y se comprimió, se exprimió y se esfumó.

—¡En marcha! —dijo Wolf.

Se fueron marcando el paso con un lápiz graso. Siempre distrae.

La máquina desapareció a su izquierda.

Atravesaron el Cuadrado.

Franquearon la brecha.

He aquí la carretera.

—¿Adónde vamos? —dijo Lazuli.

—A ver a las mujeres —dijo Wolf.

—¡Fantástico! —dijo Lazuli.

—¿Cómo que fantástico? —protestó Wolf—. Soy yo el que tiene que decir eso. Tú, tú eres soltero.

—Por eso —dijo Lazuli—. Puedo divertirme sin remordimientos.

—Sí —dijo Wolf—. Pero a Folavril no se lo dirás.

—¡No hay peligro! —gruñó Lazuli.

—No querría saber nada más de ti.

—No sé —dijo hipócritamente Lazuli.

—¿Quieres que se lo diga de tu parte? —propuso hipócritamente Wolf.

—Prefiero que no —confesó Lazuli—. Pero, sin embargo, ¡tengo perfecto derecho, caramba!

—Sí —dijo Wolf.

—Con ella —dijo Lazuli— siempre tengo problemas. Nunca estoy solo. Cada vez que empiezo a interesarme por ella sexualmente, es decir con toda mi alma, hay un hombre...

Se interrumpió.

—Estoy chiflado. Es tan estúpido, cuando uno lo piensa... Digamos que no he dicho nada.

—¿Hay un hombre? —repitió Wolf.

—Eso es todo —dijo Lazuli—. Hay un hombre y no se puede hacer nada por evitarlo.

96

—¿Y qué hace?

—Mira —dijo Lazuli.

—¿Qué?

—Lo que yo hago.

—Esto... —murmuró Wolf—, esto es a él a quien debería molestar.

—No... —dijo Lazuli—. Porque, por su culpa, no puedo hacer nada que moleste.

—Es una buena broma —dijo Wolf—. ¿Cuándo se te ocurrió? ¿No sería más fácil decirle a Folavril que ya no la quieres?

—¡Sí que la quiero...! —gimió Lazuli—. ¡La quiero con locura...!

La ciudad se les iba acercando. Las casas pequeñas, aún en capullo, las medias casas medio crecidas con una ventana aún medio enterrada, y las crecidas del todo, de varios colores y olores. Tomaron la calle principal y se dirigieron al barrio de las amorosas. Se pasaba una verja de oro y todo se volvía de lujo. Las fachadas de las casas estaban tapizadas de turquesa o de lava rosa, y por el suelo había pieles, espesas, untuosas, de color amarillo limón. Por encima de las calles se entreveían cúpulas de cristal fino y de vidrio grabado de color malva y de agua. Faroles de gas perfumado iluminaban los números de las casas frente a las cuales, en una pequeña pantalla de televidencia en color, se podía controlar la actividad de los ocupantes instalados en habitaciones tapizadas de terciopelo negro y con luces de color gris pálido. La música, suave y sulfurosa, le hacía a uno como un nudo en las seis primeras vértebras. Las amorosas que no actuaban estaban delante de sus puertas, en hornacinas de cristal

regadas por surtidores de agua de rosas que las relaja-
ban y las suavizaban.

Por encima de sus cabezas, un velo de bruma roja
ocultaba y descubría, a intervalos, los caprichosos dibujos del vidrio de las cúpulas.

Había algunos hombres por la calle, un poco atur-
didos, caminando con paso indeciso. El bordillo, bajo
las pieles amarillas que lo cubrían, era de espuma elástica, suave a los sentimientos, y los arroyos de vapor
rojo fluían por entre las casas, a lo largo de los desa-
gües de cristal grueso a través de los cuales podía uno
cerciorarse fácilmente de la actividad de los cuartos de
baño.

Circulaban vendedoras de pimienta y de cantári-
da, vestidas con grandes cintas de flores en el pelo,
que llevaban pequeñas bandejas de metal mate con bocadillos ya preparados.

Wolf y Lazuli se sentaron en la acera. Una vendedora alta, morena y esbelta, pasó muy cerca de ellos;
iba tarareando un vals lento, y su tersa cadera rozó la
mejilla de Wolf. Olía a arena de las islas. Wolf la
retuvo, tendiendo la mano. Y le acarició la piel, siguiendo los contornos de sus firmes músculos. La vendedora se sentó entre ellos. Y los tres se pusieron a
comer bocadillos de pimienta.

Al cuarto bocado el viento empezó a vibrar en
torno a sus cabezas, y Wolf se tendió en la confor-
table cuneta. La vendedora se echó a su lado. Wolf
estaba boca arriba, y ella, boca abajo, apoyada en los
codos, le introducía de vez en cuando un nuevo bo-
cadillo entre los dientes. Lazuli se puso en pie y buscó
con la mirada una portadora de bebidas. Cuando llegó,

se tomaron unos vasitos de alcohol de piña caliente con pimentón.

—¿Qué hacemos? —murmuró Wolf, voluptuoso.

—Aquí estamos bien —dijo Lazuli—, pero estaríamos mucho mejor en una de esas bonitas casas.

—¿Ya no tenéis hambre? —dijo la vendedora.

—¿Ni sed? —completó su colega.

—Oídme —dijo Wolf—, ¿podemos entrar con vosotras en las casas?

—No —dijeron las dos vendedoras—. Nosotras somos más o menos vestales.

—¿Se puede tocar? —dijo Wolf.

—Sí —respondieron las dos muchachas—. Toquetear, abrazar, lamer. Nada más.

—¡Lástima! —dijo Wolf—. Despertar el apetito y verse obligado a dejarlo justo en el mejor momento...

—Tenemos nuestras obligaciones —explicó la portadora de bebidas—. Hay que andarse con cuidado, en nuestro oficio. Y las de las casas se llevan cada disgusto...

Se levantaron, elásticas de caderas. Wolf se sentó y se pasó una mano indecisa por los cabellos. Desde donde estaba, abrazó las piernas de la vendedora de bocadillos y posó sus labios sobre la bien dispuesta carne. Después se levantó y tiró de Lazuli.

—Ven —dijo—, dejemos que trabajen.

Ellas ya se alejaban, con gestos de adiós.

—Contamos cinco casas —dijo Lazuli— y entramos.

—De acuerdo —dijo Wolf—. ¿Por qué cinco?

—Porque somos dos —dijo Lazuli.

Iba contando:

—...cuatro... cinco. Pase usted primero.

Era una pequeña puerta de ágata con un marco de bronce brillante. Por la pantalla se veía que las amorosas estaban durmiendo. Wolf empujó la puerta. En la habitación había luz beige y tres chicas tendidas en una cama de cuero.

—Empezamos bien —dijo Wolf—. Desnudémonos sin despertarlas. La de en medio servirá para separarnos.

Wolf dejó caer su ropa a sus pies. Lazuli luchaba con un cordón de zapato y acabó por arrancárselo. Quedaron los dos completamente desnudos.

—¿Y si la de en medio se despierta? —dijo Wolf.

—No hay por qué preocuparse —dijo Lazuli—. Ya encontraremos una solución. Seguro que saben cómo arreglárselas en un caso así.

—Me gustan —dijo Wolf—. Huelen bien, huelen a mujer.

Se tendió muy cerca de la pelirroja. Cálida de sueño, ésta no abrió los ojos. Se le despertaron las piernas hasta el vientre. La parte superior siguió durmiendo; mientras, Wolf, arrullado, volvía a ser joven como había sido siempre. Y a Lazuli no lo miraba nadie.

20

Al recobrar la conciencia, Wolf se desperezó y se desprendió del cuerpo de su amorosa, que se había vuelto a dormir entera. Se levantó, hizo unos cuantos movimientos para desentumecer los músculos y se inclinó hacia ella para tomarla en brazos. Ella se colgó de su cuello y él la llevó hasta la bañera, que estaba llena de un agua opaca y perfumada. La sumergió cuidadosamente y regresó a la habitación para vestirse. Lazuli, ya listo, le esperaba acariciando a las otras dos muchachas, que se dejaban hacer, no sin complacencia. Cuando salieron les besaron y fueron a reunirse con su compañera.

Hollaron el suelo amarillo, con las manos en los bolsillos, respirando a pleno pulmón el aire lechoso. De vez en cuando se cruzaban con hombres llenos de serenidad. Otros se sentaban en el suelo, se quitaban los zapatos y se tendían cómodamente sobre la acera para descabezar un sueño antes de volver a empezar. Algunos se pasaban la vida en el barrio de las amorosas, alimentándose de pimienta y de alcohol de piña. Estaban flacos y como endurecidos, la mirada ardiente, los gestos redondeados, el espíritu en paz.

En una esquina, Wolf y Lazuli tropezaron con dos marineros que salían de una casa azul.

—¿Son ustedes de aquí? —preguntó el más alto.

Era alto, moreno, con el pelo rizado, un cuerpo musculoso y una cabeza romana.

—Sí —dijo Lazuli.

—¿Nos querrían indicar dónde se puede jugar? —preguntó el otro marinero, bajito y neutro.

—¿A qué? —dijo Wolf.

—A la sangrita y a la bocamanga —respondió el primer marinero.

—El barrio del juego está por allí... —dijo Lazuli señalando hacia delante—. Hacia donde vamos nosotros.

—Les seguimos —dijeron a coro los dos marineros.

—¿Cuándo han desembarcado? —preguntó Lazuli.

—Hace dos años —respondió el marinero alto.

—¿Cómo se llaman ustedes? —preguntó Wolf.

—Yo me llamo Sandre —dijo el marinero alto—, y mi amigo se llama Berzingue.

—¿Llevan dos años en el barrio? —preguntó Lazuli.

—Sí —dijo Sandre—. Estamos bien. Nos gusta mucho el juego.

—¿La sangrita? —precisó Wolf, que había leído historias de marinos.

—La sangrita y la bocamanga —dijo Berzingue, que al parecer era muy poco hablador.

—Vengan a jugar con nosotros —propuso Sandre.

—¿A la sangrita? —dijo Lazuli.

—Sí —dijo Sandre.

—Deben de ser ustedes demasiado buenos para competir con nosotros —dijo Wolf.

—Es un buen juego —dijo Sandre—. No hay perdedores. Se gana más o se gana menos, pero se aprovecha tanto lo que ganan los demás como lo que gana uno mismo.

—Casi que me dejo tentar —dijo Wolf—. Al cuerno la hora. Hay que probarlo todo.

—La hora no existe —dijo Berzingue—. Tengo sed.

Llamó a una portadora de bebidas, que acudió. Sobre la bandeja, el alcohol de piña hervía en vasitos de plata. Ella bebió con ellos, y ellos, impetuosos, la besaron en los labios.

Seguían hollando la espesa lana amarilla, rodeados por momentos de niebla, completamente relajados, llenos de vida hasta la punta de los dedos de los pies.

—Antes de llegar aquí —dijo Lazuli— ¿navegaron mucho?

—Ja, ja, jamás —dijeron los dos marineros.

Luego, Berzingue añadió:

—Estamos mintiendo.

—Sí —dijo Sandre—. En realidad, no hemos parado. Decíamos ja, ja, jamás porque, en nuestra opinión, esto debería casifláuticamente poder transformarse en una cancierención.

—Esto no nos dice dónde han estado —dijo Lazuli.

—Hemos visto las Islas Huecas —dijo Sandre—, y permanecimos tres días en ellas.

Wolf y Lazuli les miraron con respeto.

—¿Cómo son? —dijo Wolf.

—Huecas —dijo Berzingue.

—¡Caramba! —dijo Lazuli.

Se había puesto pálido.

—No vale la pena pensar en ello —dijo Sandre—. Lo pasado, pasado está. Y en aquel momento no nos dimos cuenta de nada.

Se detuvo.

—Ya está —dijo—. Es aquí. Tenían ustedes razón,

ése era el camino. Llevamos dos años aquí, pero aún no conseguimos orientarnos.

—¿Y cómo se las arreglan en alta mar? —preguntó Wolf.

—En el mar —dijo Sandre— hay mucha variedad. No hay dos olas que se parezcan. Aquí todo es lo mismo. Casas y más casas. Así no hay manera.

Empujó la puerta, que se rindió ante tal argumento.

El interior era amplio y embaldosado, todo lavable. A un lado estaban los jugadores, sentados en butacas de cuero; al otro lado, gente de pie, hombres o mujeres según los gustos, desnudos y atados. Sandre y Berzingue llevaban ya sus cerbatanas de sangrita con sus iniciales grabadas, y Lazuli cogió dos de una bandeja, una para Wolf y otra para él, y una caja de agujas.

Sandre se sentó, se llevó la cerbatana a la boca y sopló. Al otro extremo, frente a él, había una niña de quince o dieciséis años. La aguja se clavó en la carne de su pecho izquierdo, y se formó una gran gota de sangre que fue descendiendo a lo largo del cuerpo.

—Sandre es un vicioso —dijo Berzingue—. Apunta a los pechos.

—¿Y usted? —preguntó Lazuli.

—Yo, para empezar —dijo Berzingue—, esto sólo se lo hago a los hombres. A mí las mujeres me gustan.

Sandre iba por la tercera aguja. Se clavó tan cerca de las anteriores que se oyó un débil chasquido de acero.

—¿Quieres jugar? —preguntó Wolf a Lazuli.

—¿Por qué no? —dijo Lazuli.

—A mí —dijo Wolf— ya se me han quitado las ganas.

—¿Y una vieja? —propuso Lazuli—. Seguro que no le da angustia tirarle a una vieja... a los ojos.

—No —dijo Wolf—. No me gusta. No le veo la gracia.

Berzingue había escogido su blanco, un muchacho acribillado de acero que se miraba, indiferente, los pies... Cogió aire y sopló con todas sus fuerzas. La punta dio de lleno en la carne y desapareció en la ingle del muchacho, que se sobresaltó. Se acercó un vigilante.

—Tira usted demasiado fuerte —le dijo a Berzingue—. ¿Cómo quiere que se la saque, si tira tan fuerte?

Se inclinó sobre el punto sangrante, sacó de su bolsillo unas pinzas de acero cromado y hurgó delicadamente en la carne. Dejó caer sobre el embaldosado la aguja brillante y roja.

Lazuli dudaba.

—Tengo muchas ganas de jugar —le dijo a Wolf—. Pero no estoy muy seguro de que me guste tanto como a ellos.

Sandre había lanzado ya sus diez agujas. Le temblaban las manos, y su boca deglutía suavemente. No se le veía más que el blanco de los ojos. Tuvo una especie de espasmo y se dejó caer hacia atrás en su butaca de cuero.

Lazuli accionaba la manivela que cambiaba el blanco. De pronto se inmovilizó.

Frente a él había un hombre vestido de oscuro que le miraba con mirada triste. Se frotó los párpados.

—¡Wolf! —susurró—. ¿Le ve usted?

—¿A quién? —dijo Wolf.

—Al hombre que tengo delante.

Wolf miró. Se aburría. Quería marcharse.

—Estás loco —le dijo a Lazuli.

Se oyó un ruido cerca de ellos. Berzingue había vuelto a soplar demasiado fuerte y como represalia le habían clavado cincuenta agujas en la cara. Su rostro no era más que una mancha roja. Lanzaba gemidos de dolor mientras se lo llevaban los vigilantes.

Lazuli, turbado por el espectáculo, había desviado la mirada. La dirigió de nuevo al frente. El blanco estaba vacío. Se puso en pie.

—Cuando usted quiera... —murmuró, dirigiéndose a Wolf.

Salieron. Todo su entusiasmo se había esfumado.

—¿Por qué habremos tenido que encontrarnos con esos dos marineros? —dijo Lazuli.

Wolf suspiró.

—Hay tanta agua por todas partes... —dijo—. Y tan pocas islas.

Se alejaron a zancadas del barrio del juego, y ante ellos se alzaba la verja negra de la ciudad. Franquearon el obstáculo y volvieron a sumirse en la oscuridad tejida de hilos de sombra; tenían una hora de camino hasta casa.

21

Caminaban uno al lado del otro, sin preocuparse del camino. Lazuli arrastraba un poco la pierna, y su mono de seda cruda estaba arrugado. Wolf iba con la cabeza gacha, contándose los pies. Al cabo de un momento dijo, con una especie de esperanza:

—¿Y si pasáramos por las cavernas?

—Sí —dijo Lazuli—. Aquí hay demasiada gente.

Acababan de cruzarse, en efecto, por tercera vez en diez minutos, con un viejo en mal estado de conservación. Wolf extendió el brazo izquierdo para indicar que iba a girar, y entraron en la primera casa. Era una casa poco crecida, de apenas un piso, porque estaban ya cerca de los suburbios. Bajaron la escalera del sótano, verde de musgo, y llegaron al pasadizo general, que comunicaba toda la hilera de casas. Desde allí se accedía sin esfuerzo a las cavernas. Bastaba con cargarse al guardián, lo cual fue cosa fácil, ya que no le quedaba más que un diente.

Detrás del guardián se abría una puerta estrecha, con arco de medio punto, y una segunda escalera, reluciente de minúsculos cristales. De trecho en trecho, una lámpara guiaba los pasos de Wolf y Lazuli, que hacían crujir bajo sus suelas las deslumbrantes concreciones. Al final de la escalera el subterráneo se ensanchaba, y el aire, cálido y palpitante, parecía sangre en el interior de una arteria.

Hicieron dos o trescientos metros sin hablarse. De vez en cuando la pared se interrumpía en oberturas más bajas, ramificaciones del pasadizo central, y cada vez cambiaban los colores de los cristales. Los había de color malva, de color verde intenso; otros eran como ópalos, con reflejos de un color entre azul lácteo y anaranjado; algunos pasillos parecían tapizados de ojos de gato. En otros, la luz temblaba ligeramente y el centro de los cristales palpitaba como un pequeño corazón mineral. No corrían ningún riesgo de perderse, porque no había más que seguir el pasadizo central para salir de la ciudad. A veces se detenían para seguir con la mirada los juegos de luz en una de las ramificaciones. En los cruces había bancos de piedra blanca para sentarse.

Wolf pensaba que la máquina seguía esperándole en la oscuridad, y se preguntaba cuándo volvería.

—Hay un líquido que rezuma de los montantes de la cabina —dijo Wolf.

—¿Lo que tenía en la cara al bajar? —preguntó Lazuli—. ¿Esa cosa negra y pegajosa?

—Se volvió negro al bajar —dijo Wolf—. Allí dentro era rojo. Rojo y viscoso, como sangre espesa.

—No es sangre —dijo Lazuli—. Debe de ser una condensación...

—Esto no es más que sustituir un misterio por una palabra —dijo Wolf—. Lo que a su vez es un misterio, y nada más. Se empieza así y se termina haciendo magia.

—¿Y qué? —dijo Lazuli—. ¿Y lo de la cabina, no es magia? Es un residuo de una antigua superstición gala.

—¿Cuál? —dijo Wolf.

—Es usted como todos los demás galos —dijo Lazuli—. Tiene miedo de que se le caiga el cielo encima
y toma la delantera. Se encierra.

—¡Dios mío! —dijo Wolf—. ¡Sí es precisamente lo
contrario! Quiero saber qué hay detrás.

—¿Cómo puede ser que salga rojo si viene de la
nada? —dijo Lazuli—. Tiene que ser forzosamente una
condensación. Pero no se preocupe usted por ello.
¿Qué ha visto desde allí dentro? Ni siquiera se ha dig-
nado decírmelo —protestó Lazuli—, a pesar de que he
trabajado con usted desde el principio. Sabe usted perfectamente que le importa un rábano lo que...

Wolf no contestó. Lazuli vacilaba. Al fin se decidió.

—En un salto de agua —dijo—, lo que importa es el
salto, no el agua.

Wolf levantó la cabeza.

—Desde allí dentro —dijo—, se ven las cosas tal
como fueron. Eso es todo.

—¿Y le quedan ganas de volver? —dijo Lazuli, rién-
dose sarcastifloso.

—Tenga ganas o no, volveré —dijo Wolf—, es inevitable.

—¡Buh! —se carcajeó Lazuli—. Me hace usted gracia.

—¿Y tú por qué pones esa cara de imbécil, cuando
estás con Folavril? —dijo Wolf, contraatacando—. ¿Me
lo vas a decir, acaso?

—Nada de eso —dijo Lazuli—. No tengo nada que
decirle respecto a eso, puesto que no ocurre nada fuera
de lo normal.

—Te echas atrás, ¿eh? —dijo Wolf—. ¿Porque aca-
bas de hacerlo con una amorosa del barrio? ¿Y te crees
que todo va a volver a funcionar con Folavril? Puedes

estar tranquilo. Tan pronto como vuelvas a encontrarte a solas con ella, vendrá el tipo ese a molestarte.

—No —dijo Lazuli—. Imposible, después de lo que he hecho.

—Y antes, en la sangrita, ¿no lo has visto, al tipo ese? —dijo Wolf.

—No —dijo Lazuli, que mentía con aplomo.

—Mientes —dijo Wolf.

Y añadió:

—Con aplomo.

—¿Falta mucho para llegar? —dijo Lazuli cambiando de tono, porque la cosa se estaba poniendo insoportable.

—Sí —dijo Wolf—. Media hora, por lo menos.

—Quiero ver al negro que baila —dijo Lazuli.

—Es en el próximo cruce —dijo Wolf—. Dentro de dos minutos. Tienes razón, no nos vendrá mal verlo. Esto de la sangrita es una estupidez.

—La próxima vez —dijo Lazuli— será mejor que juguemos a la bocamanga.

22

Y luego, en aquel momento, llegaron al punto desde el que se veía bailar al negro. Los negros ya no bailan en la calle. Siempre hay un montón de imbéciles mirándolos, y los negros creen que lo hacen para ponerlos en ridículo. Es que los negros son muy susceptibles, y tienen razón. Después de todo, ser blanco es, más que una cualidad especial, una carencia de pigmentos, y no es razón suficiente para que unos tipos que han inventado la pólvora pretendan ser superiores a todo el mundo y se crean con derecho a perturbar otras actividades mucho más interesantes, como la danza y la música. Digo esto para explicar por qué el negro no había encontrado otro rincón donde estar tranquilo; la caverna estaba guardada por un guardián; para ver al negro, pues, había que cargarse al guardián, lo que constituía, a ojos del negro, una especie de certificado; quien tuviera suficientes ganas de verle como para cargarse al guardián podía hacerlo, puesto que había dado prueba de la necesaria carencia de prejuicios.

Por otra parte, estaba cómodamente instalado, y un tubo especial le hacía llegar del exterior sol y aire de verdad. El cruce que había elegido, tapizado de hermosos cristales de cromo naranja, era bastante amplio y de techo alto, y en él crecían hierbas tropicales y colibríes y, en general, las especies indispensables. El negro se acompañaba con la música de una máquina perfeccionada que tocaba mucho rato. Por la mañana ensayaba, por secciones, las danzas que por la tarde ejecutaba completas y con todos los detalles.

Cuando Wolf y Lazuli llegaron, estaba apenas a punto de empezar la danza de la serpiente, que se baila con la mitad inferior del cuerpo, de las caderas a las puntas de los pies, sin la participación del resto. Esperó cortésmente a que estuvieran cerca para dar comienzo a su actuación. Su máquina de música le hacía un perfecto acompañamiento en el que se reconocía el timbre grave de una sirena de barco a vapor que, el día en que se grabó el disco, sustituía improvisando al saxo barítono de la orquesta.

Wolf y Lazuli miraban en silencio. El negro era muy hábil, sabía mover las rótulas de por lo menos quince maneras distintas, lo que, incluso para un negro, es un número considerable. Poco a poco iban olvidando todas las preocupaciones, la máquina, el Concejo Municipal, Folavril y la sangrita.

—No me arrepiento de haber vuelto por la caverna —dijo Lazuli.

—Yo tampoco —respondió Wolf—. Sobre todo porque a esta hora fuera ya es de noche. Y éste aún tiene sol.

—Tendríamos que venir a vivir con él —sugirió Lazuli.

—¿Y el trabajo? —dijo Wolf, con poca convicción.

—¡Oh, el trabajo! ¡Claro! ¡Sí! —dijo Lazuli—. No, si lo que usted quiere es volver a su maldita cabina. El trabajo no es más que un pretexto. Y yo quiero saber si ese hombre vuelve.

—¡Basta! —dijo Wolf—. Míralo y déjame en paz. Te impedirá seguir pensando en estas cosas.

—Claro —dijo Lazuli—, pero es que me quedaba un resto de conciencia profesional.

—Vete a la mierda, con tu conciencia profesional —dijo Wolf.

El negro les dirigió una amplia sonrisa y se detuvo. La danza de la serpiente había terminado. En su rostro brillaban grandes gotas de sudor, que se secó con un pañuelo a cuadros. Luego, sin más dilación, se puso a bailar la danza del avestruz. No se equivocaba ni una vez, y a cada momento inventaba nuevos ritmos con el repiqueteo de sus pies.

Al término de esta nueva danza, el negro les sonrió otra vez.

—Hace dos horas que están ustedes aquí —dijo con toda objetividad.

Wolf miró su reloj. Era cierto.

—No lo tome a mal —dijo—. Es que estábamos fascinados.

—Para eso sirve —comentó el negro.

Pero Wolf se dio cuenta, no sé cómo —se nota en seguida cuando un negro se pone susceptible—, de que se habían quedado demasiado tiempo. Se despidió con un murmullo de disculpa.

—Hasta la vista —dijo el negro.

Y, acto seguido, atacó el paso del león cojo. Antes de llegar al subterráneo principal, Wolf y Lazuli se volvieron por última vez, en el momento en que el negro imitaba el asalto de la gacela de los altiplanos. Luego el túnel giraba, y ya no le vieron más.

—¡Ah! —dijo Wolf—. ¡Qué lástima que no hayamos podido quedarnos más tiempo!

—Vamos a llegar tarde de todos modos —dijo Lazuli, sin por ello apresurarse lo más mínimo.

—Todo son decepciones —dijo Wolf—. Las cosas buenas no duran.

—Nos sentimos frustrados —dijo Lazuli.

—Y aunque duraran —dijo Wolf—, también se acabarían un día u otro.

—Nunca duran —dijo Lazuli.

—Sí —dijo Wolf.

—No —dijo Lazuli.

Era difícil llegar a un acuerdo, de modo que Wolf cambió de conversación.

—Se nos presenta una buena jornada de trabajo —dijo.

Reflexionó y añadió:

—El trabajo dura.

—No —dijo Lazuli.

—Sí —dijo Wolf.

Esta vez se vieron obligados a callarse. Caminaban aprisa, y el pasadizo empezaba a subir. De pronto, se encontraron en una escalera. A la derecha, en una garita, había un viejo guardián en guardia.

—¿Qué hacen ustedes aquí? —les preguntó—. ¿Se han cargado a mi compañero del otro lado?

—No es nada grave —le aseguró Lazuli—. Mañana ya volverá a andar.

—Tanto peor —dijo el viejo guardián—. He de reconocer que no me desagrada ver gente. Buena suerte, muchachos.

—Si volvemos —dijo Lazuli—, ¿nos dejará bajar?

114

—Ni hablar —dijo el viejo guardián—. Una orden es una orden. Tendrán que pasar por encima de mi cadáver.

—Como usted quiera —prometió Lazuli—. Hasta pronto.

Fuera había cercos grises y pálidos. Soplaba el viento. Pronto amanecería.

Al pasar cerca de la máquina, Wolf se detuvo.

—Vete a casa —le dijo a Lazuli—. Yo vuelvo allí.

Lazuli se alejó en silencio. Wolf abrió el armario y empezó a equiparse. Sus labios murmuraban palabras inaudibles. Tiró de la palanca que abría la puerta y entró en la cabina. La puerta gris se cerró tras él con un chasquido seco.

23

Esta vez había puesto el indicador a la velocidad máxima, y no sintió transcurrir el tiempo. Cuando su mente se aclaró, se encontraba al principio del camino, en el mismo lugar en que había dejado a Monsieur Perle.

Era el mismo suelo gris amarillento, con las castañas, las hojas muertas y el césped. Pero las ruinas y el zarzal estaban desiertos. Reconoció el recodo hacia el que tenía que dirigirse. Avanzó sin vacilar.

Casi de inmediato, advirtió un brusco cambio de decorado; a pesar de ello, no tuvo la sensación de que se hubiera producido una interrupción, una solución de continuidad cualquiera. Ahora, ante él, había una calle adoquinada, bastante empinada, triste y bordeada a la derecha por tilos redondos a lo largo de un gran edificio gris, y a la izquierda por un severo muro coronado de cristales. Un silencio total reinaba sobre todas las cosas. Wolf, a paso lento, fue recorriendo el muro; al cabo de unas pocas decenas de metros, se encontró frente a una puerta con postigo, entreabierta. Sin dudarlo un momento, la empujó y entró. En ese instante se oyó un breve timbrazo, que cesó de inmediato. Estaba en un gran patio cuadrado que le recordó el patio del instituto. El lugar le pareció familiar. El día tocaba a su fin. Allí al fondo, en lo que había sido el despacho del director, brillaba una luz amarilla. El suelo estaba limpio, bastante bien conservado. Sobre el tejado de pizarra chirriaba una veleta.

Wolf se dirigió hacia la luz. Una vez cerca, vio a través de la puerta vidriera a un hombre, sentado frente a una mesita, que parecía estar esperando. Llamó a la puerta y entró.

El hombre miró su reloj, un reloj redondo de acero que extrajo del bolsillo de su chaleco gris.

—Llega usted cinco minutos tarde —dijo.

—Lo siento —dijo Wolf.

El despacho era triste, clásico, olía a tinta y a desinfectante. Al lado del hombre, podía leerse un nombre grabado en negro en una plaquita rectangular: Monsieur Brul.

—Siéntese —dijo el hombre.

Wolf se sentó y le miró. Monsieur Brul tenía delante una carpeta de cartón de color amarillento que contenía diversos papeles. Rondaba los cuarenta y cinco años, era delgado, se le marcaban los huesos de las mandíbulas bajo la piel cetrina de sus mejillas, y su nariz puntiaguda le daba un aspecto triste. Había recelo en sus ojos, bajo las apolilladas cejas, y una depresión circular en sus cabellos grises era la huella que había dejado un sombrero llevado demasiado tiempo.

—Ha pasado ya por mi colega Perle —dijo Monsieur Brul.

—Sí, señor —dijo Wolf—. Léon-Abel Perle.

—Para seguir con el plan —dijo Monsieur Brul—, debería interrogarle ahora sobre su etapa escolar y sus estudios.

—Sí, señor —dijo Wolf.

—Es complicado —dijo Monsieur Brul—, porque mi colega, el padre Grille, se verá obligado a retroceder. Sus relaciones con la religión fueron, en efecto, muy poco duraderas, mientras que sus estudios le ocuparon hasta después de los veinte años.

Wolf asintió.

—Salga —dijo Monsieur Brul— y siga el pasillo interior hasta la tercera travesía. Allí encontrará fácilmente al padre Grille: entréguele esta tarjeta. Después vuelva a verme.

—Sí, señor —dijo Wolf.

Monsieur Brul rellenó un formulario y se lo dio.

—De este modo —dijo— tendremos tiempo de hablar tranquilamente. Siga el pasillo. Tercera travesía.

Wolf se levantó, saludó y salió.

Se sentía algo oprimido. El largo y sonoro pasillo abovedado daba a un patio interior, a un jardín triste con senderos de grava bordeados de arbustos de boj enano. De los macizos de tierra seca, cubiertos de hierbajos, salían rosales muertos. Los pasos de Wolf resonaban en el pasillo, y tenía ganas de correr como corría, antaño, cuando llegaba tarde, cuando entraba por la vivienda del portero porque ya habían cerrado la alta verja acorazada de chapa opaca. El suelo de cemento granulado estaba cortado por franjas, más gastadas que el resto, de piedra blanca con trazas de conchas fósiles, cada una de las cuales se correspondía con una de las columnas que sostenían la bóveda. Al otro lado del patio se abrían puertas que daban a clases vacías con bancos en gradas; de vez en cuando, Wolf divisaba un retazo de pizarra o, erguida y austera sobre su desgastado estrado, una cátedra.

Al llegar al tercer cruce, Wolf reparó inmediatamente en una pequeña placa de esmalte blanco: Catecismo. Llamó tímidamente y entró. Era una sala como un aula sin mesas, con recios bancos llenos de inscripciones y hendiduras, y bombillas con pantallas esmaltadas que colgaban de largos cables; las paredes, marrones hasta un metro y medio del suelo, viraban después a un gris sucio. Todo estaba cubierto de una espesa capa de polvo. En su mesa, delgado y distinguido, el padre Grille parecía impacientarse. Llevaba una pequeña barba puntiaguda y una sotana de buen corte; una ligera cartera de cuero negro reposaba sobre la mesa, a su lado. A Wolf no le causó sorpresa ver entre sus manos la carpeta que pocos instantes antes estaba en poder de Monsieur Brul.

Le entregó la tarjeta.

—Hola, hijo —dijo el padre Grille.

—Buenos días, padre —dijo Wolf—. Monsieur Brul me...

—Ya lo sé, ya lo sé —dijo el padre Grille.

—¿Tiene usted prisa? —preguntó Wolf—. Si quiere me voy.

—No, no, de ninguna manera —dijo el padre Grille—. Tengo todo el tiempo que haga falta.

Su voz trabajada, distinguida en exceso, hería a Wolf como una cristalería incómoda.

—Veamos... —murmuró el padre Grille—. En lo que me concierne... ejem... usted ya no cree en gran cosa, ¿no es así? Entonces... veamos... dígame cuándo dejó de creer. Es una pregunta fácil, ¿no?

—Sí... —dijo Wolf.

120

—Siéntese, siéntese —le dijo el cura—. Mire, ahí tiene una silla... Tómese el tiempo que quiera, no se ponga nervioso...

—No hay ninguna razón para ponerse nervioso —dijo Wolf, cansado.

—¿Le molesta? —preguntó el padre Grille.

—Oh, no... —dijo Wolf—. Es demasiado simple, eso es todo.

—No es tan fácil... piénselo bien...

—Con los niños se empieza demasiado pronto —dijo Wolf—. Se les coge a una edad en la que aún creen en los milagros; quieren ver uno, no lo consiguen, y se acabó para ellos.

—Usted no era así —dijo el padre Grille—. Su respuesta puede ser válida para un niño cualquiera... me dice usted esto para no tener que comprometerse a fondo, y le comprendo... le comprendo, pero en su caso hay otra cosa... ¿no es cierto?, otra cosa.

—Oh —dijo Wolf, indignado—, está usted muy bien informado sobre mí; conoce usted toda mi historia.

—En efecto —dijo el padre Grille—, pero yo no tengo ninguna necesidad de aclararme sobre su manera de ser. Es a usted a quien concierne... usted...

Wolf se acercó a la silla y se sentó.

—Tenía un cura como usted, en catecismo —dijo—. Pero se llamaba Vulpian de Naulaincourt de la Roche-Bizon.

—Grille no es mi nombre completo —dijo el cura, sonriendo complacido—. Yo también tengo derecho a usar el «de»...

—Y para él todos los niños no eran iguales —dijo

Wolf—. Le interesaban mucho los que iban bien vestidos, y también sus madres.

—Nada de todo esto puede ser motivo determinante para no creer —dijo el padre Grille, conciliador.

—Creí de verdad el día de mi primera comunión —dijo Wolf—. Estuve a punto de desmayarme en la iglesia, y pensé que había sido obra de Jesús. En realidad, hacía tres horas que esperábamos en una atmósfera viciada, y me estaba muriendo de hambre.

El padre Grille se echó a reír.

—Tiene usted un rencor infantil contra la religión —dijo.

—Lo infantil es su religión —dijo Wolf.

—No está usted facultado para juzgarla —replicó el padre Grille.

—No creo en Dios —dijo Wolf.

Guardó silencio por unos instantes.

—Dios es enemigo del rendimiento —dijo.

—El rendimiento es enemigo del hombre —dijo el padre Grille.

—Del cuerpo del hombre... —replicó Wolf.

El padre Grille sonrió.

—Empezamos mal —dijo—. Nos vamos por los cerros de Úbeda, y usted no contesta a mi pregunta... no contesta...

—Me sentí decepcionado por las formas de su religión —dijo Wolf—. Son completamente gratuitas. Todo son carantoñas, cancioncitas, hábitos bonitos... La religión y el *music-hall* son casi lo mismo.

—Vuelve a su estado de ánimo de hace veinte años —dijo el padre Grille—. Mire, estoy aquí, para ayudarle... sacerdote o no... y también el *music-hall* tiene su importancia.

—No existen argumentos para pronunciarse a favor o en contra —murmuró Wolf—. Se cree o no se cree. Siempre me sentí incómodo al entrar en una iglesia. Siempre me sentí incómodo al ver a hombres de la edad de mi padre que se arrodillaban frente a un pequeño armario. Me daba vergüenza por mi padre. No llegué a conocer a sacerdotes malos, de esos cuyas infamias se narran en los libros de pederastas, ni presencié injusticias (que, por otra parte, apenas habría sabido identificar), pero me sentía molesto con los curas. Quizá fuera la sotana.

—¿Y cuando dijo: «Renuncio a Satanás, a sus pompas y a sus obras»? —dijo el padre Grille.

Quería ayudar a Wolf.

—Pensé en una bomba —dijo Wolf—. Es verdad, ya no me acordaba... una bomba de agua que había en el jardín de los vecinos, con una palanca, y pintada de verde. Sabe usted, a mí el catecismo apenas me rozó... tal como fui educado, era imposible que creyera. Todo se reducía a una formalidad necesaria para conseguir un reloj de oro y no tener dificultades para casarse.

—¿Quién le mandaba casarse por la iglesia? —dijo el padre Grille.

—Los amigos se divierten —dijo Wolf—. Y además es un vestido para la mujer y... oh, todo esto me aburre... no me interesa nada. Nunca me ha interesado.

—¿Quiere ver una foto del Buen Dios? —propuso el padre Grille—. ¿Una foto?

Wolf le miró. El otro no bromeaba. Estaba allí, atento, con prisas, impaciente.

—No creo que tenga una foto de Dios —dijo.

El padre Grille introdujo una mano en el bolsillo interior de su sotana y extrajo una bonita cartera de piel de cocodrilo marrón.

—Tengo toda una serie de fotos excelentes... —dijo.

Eligió tres y las tendió a Wolf, quien las examinó con negligencia.

—Me lo imaginaba —dijo—. Es Ganard, uno de mi clase. Siempre hacía de Dios en las obras de teatro que representábamos en el colegio, o jugando durante el recreo.

—Eso es —dijo el padre Grille—. Ganard, quién lo habría dicho, ¿verdad? Era el tonto de la clase. El último. Ganard. Dios. ¿Quién lo habría dicho? Tenga, mire ésta, de perfil. Es más clara. ¿Se acuerda?

—Sí —dijo Wolf—. Tenía un lunar enorme cerca de la nariz. A veces, en clase, le pintaba alas y patas, para que pareciera una mosca. Ganard... pobre chico.

—No hay por qué compadecerle —dijo el padre Grille—. Está bien situado, muy bien situado.

—Sí —dijo Wolf—. Muy bien situado.

El padre Grille guardó las fotos en su cartera. En otro compartimiento encontró un rectángulo de cartón y se lo entregó a Wolf.

—Tenga, hijo —le dijo—. No ha contestado del todo mal, en conjunto. Le doy un punto. Cuando tenga diez le daré una estampa. Una bonita estampa.

Wolf le miró, estupefacto, y sacudió la cabeza.

—No es verdad —dijo—. Usted no es así. Los curas

124

no son tan tolerantes. Es un camuflaje. Espionaje. Propaganda. Viento.

—Que sí, hombre, que sí —dijo el cura—, es esto lo que le induce a error. Somos muy tolerantes.

—Vamos, vamos —dijo Wolf—, ¿qué más tolerante que un ateo?

—Un muerto —dijo, negligente, el padre Grille, metiéndose la cartera en el bolsillo—. Bueno, gracias, muchas gracias. Vaya a ver al siguiente.

—Adiós —dijo Wolf.

—¿Encontrará el camino? —dijo el padre Grille, sin esperar respuesta.

24

Wolf ya había salido. Ahora pensaba en todo aquello. Todo lo que la misma presencia del padre Grille le había impedido evocar... las estaciones de rodillas en la oscura capilla, que tanto le habían hecho sufrir, y que, sin embargo, recordaba ahora no sin placer. La capilla misma, fresca, un poco misteriosa. Entrando a la derecha estaba el confesionario; se acordaba de la primera confesión, vaga y general —igual que las que le siguieron—, y la voz del cura se le antojaba, desde el otro lado de la rejilla, muy distinta a como era normalmente; imprecisa, un poco velada, más serena, como si la función de confesor le elevara realmente por encima de su estado, o más bien, como si lo arrancara de su estado natural para conferirle una sutil facultad de perdón, una amplia capacidad de comprensión y una aptitud especial para distinguir con toda certeza el bien del mal. Lo más divertido era el retiro antes de la primera comunión; armado con una chasca de madera, el cura les enseñaba la maniobra, como si fueran soldaditos, para que no hubiera tropiezos el día de la ceremonia; entonces la capilla perdía su poder, se hacía más familiar; se establecía una especie de connivencia entre sus viejas piedras y los alumnos agrupados a uno y otro lado del pasillo central que ensayaban la formación de dos filas que se fundirían en una columna más ancha, avanzarían por el pasillo hasta la escalinata y se volverían a dividir en dos filas simétricas una vez recibida la hostia de manos del párroco o del vicario que le asistiría aquel día: «¿Será él o el vicario el que me dé la hostia?», se preguntaba Wolf, y planeaba complejas maniobras a fin de ocupar el lugar de uno de sus compañeros en el momento crucial para recibirla de manos del que correspondía, porque si se la daba el otro corría el peligro de morir fulminado o de caer en las garras de Satanás para toda la eternidad. Y además, habían aprendido cánticos. Resonaban en la capilla dulcísimos Corderos y cánticos de gloria, de esperanza y de amparo... y Wolf se maravillaba ahora al darse cuenta de hasta qué punto todas esas palabras de amor y adoración podían quedar vacías de significado, limitarse a su función sonora en boca de los niños, tanto de los que le rodeaban como de él mismo. Entonces era divertido hacer la primera comunión; se tenía la sensación, respecto a los pequeños —a los más pequeños—, de haber subido un peldaño en la escala social, de haber merecido un ascenso; y, respecto a los mayores, la de haber accedido a su *status* y poder tratarlos de igual a igual. Y luego el brazal, el vestido azul, el cuello almidonado, los zapatos de charol —y, a pesar de todo, por muchos ánimos que uno se diera, la emoción del gran día—, los adornos de la capilla, llena de gente, el olor del incienso y las mil luces de los cirios, el sentimiento mitigado de estar actuando en un teatro y de estar a punto de acceder a un gran misterio, el deseo de dar ejemplo edificante con la propia piedad, el miedo —«y si LA mastico»—, el «y si fuera verdad», la revelación —«es verdad»— ...y, de regreso a casa, con

128

el estómago lleno, la amarga sensación de haber sido engañado. Quedaban las estampas doradas que se intercambiaban con las de los compañeros, el traje que se llevaría hasta que se desgastara, el cuello almidonado que no serviría nunca más, y un reloj de oro que años más tarde, un día de miseria, podría venderse sin ningún remordimiento. Y también un misal, regalo de una prima beata, que uno nunca se atreverá a tirar a causa de su hermosa encuadernación, pero con el que nunca sabrá qué hacer... Decepción sin límites... comedia irrisoria... y un cierto pesar por no haber llegado a saber si uno de verdad ha visto a Jesús o si simplemente se ha encontrado mal por culpa del calor, de los olores, del madrugón o del cuello que aprieta demasiado...

El vacío. Una medida para nada.

Entonces, Wolf se encontró frente a la puerta de Monsieur Brul, y frente al propio Monsieur Brul. Se pasó la mano por los cabellos y se sentó.

—Ya está... —dijo Monsieur Brul.

—Ya está —dijo Wolf—. Sin resultados.

—¿Cómo? —dijo Monsieur Brul.

—Con él la cosa no ha funcionado —dijo Wolf—. No hemos dicho más que tonterías.

—Pero ¿y después? —preguntó Monsieur Brul—. Se lo ha contado todo a sí mismo, ¿no? Es lo esencial.

—¿Eh? —dijo Wolf—. Sí. Bueno. De todas formas, es un número que se podía haber eliminado del plan. Es completamente hueco, no tiene sustancia.

—Esa es la razón —dijo Monsieur Brul— por la que le he pedido que fuera a verle a él primero. Para liquidar lo antes posible una cosa que carece por completo de importancia.

—Es cierto, no tiene la menor importancia —dijo Wolf—. Nunca me preocupó.

—Claro, claro —masculló Monsieur Brul—, pero así es más completo.

—Dios —explicó Wolf— es Ganard, uno de mi clase. He visto una foto. Esto devuelve la cosa a sus debidas proporciones. En el fondo, la conversación no ha sido del todo inútil.

—Ahora —dijo Monsieur Brul— hablemos en serio.

—Se desarrolla a lo largo de tantos años... —dijo Wolf—. Está todo mezclado. Habrá que poner un poco de orden.

25

—Lo importante —dijo Monsieur Brul separando cuidadosamente las palabras— es determinar de qué modo sus estudios contribuyeron a su hastío por la vida. Que es, si no me equivoco, lo que le ha traído aquí, ¿no?

—Más o menos —dijo Wolf—. Porque también por este lado me he sentido decepcionado.

—Pero antes que nada —dijo Monsieur Brul—, hay que ver cuál fue su parte de responsabilidad en esos estudios.

Wolf recordaba perfectamente que él había querido ir a la escuela. Y así se lo dijo a Monsieur Brul.

—Pero —añadió—, para ser sincero, me creo en el deber de aclarar que si no hubiera querido habría ido igual.

—¿Está usted seguro? —preguntó Monsieur Brul.

—Tenía facilidad para aprender —dijo Wolf—, y quería tener libros de texto, plumillas, una cartera y papel, es cierto. Pero, de todos modos, mis padres no habrían permitido que me quedara en casa.

—Se pueden hacer otras cosas —dijo Monsieur Brul—. Música. Dibujo.

—No —dijo Wolf.

Su mirada recorrió distraídamente el lugar. Sobre un polvoriento archivador campeaba un viejo busto de yeso al que una mano inexperta había pintado un bigote.

—Mi padre —explicó Wolf— dejó los estudios muy joven, ya que tenía dinero suficiente como para no necesitarlos. Por eso se empeñaba en que yo terminara los míos. Y, por tanto, en que los empezara.

—Resumiendo —dijo Monsieur Brul—: que le mandaron al instituto.

—Quería tener camaradas de mi edad —dijo Wolf—. Esto también contaba.

—Y todo fue bien —dijo Monsieur Brul.

—En cierto sentido, sí... —dijo Wolf—. Pero las inclinaciones que me dominaban ya en la niñez se fueron desarrollando cada vez más. Entiéndame. Por una parte, el instituto me liberó, ya que me permitía estar en contacto con seres humanos cuyas costumbres y manías, derivadas del ambiente en que habían vivido, eran distintas a las que producía mi ambiente; lo cual, de rechazo, me hizo desconfiar del conjunto de estas costumbres y me indujo a elegir las que más me satisfacían, para crearme una personalidad.

—Claro —dijo el señor Brul.

—Por otra parte —prosiguió Wolf—, el instituto contribuyó a fortalecer los caracteres distintivos de los que hablé a Monsieur Perle: ansia de heroísmo por una parte, apatía física por otra y, como consecuencia, la decepción provocada por mi incapacidad para dejarme llevar totalmente por una u otra característica.

—Su gusto por el heroísmo le llevaba a querer ser el primero de la clase —dijo Monsieur Brul.

—Pero mi pereza me impedía serlo de manera permanente —dijo Wolf.

—De lo que resulta una vida equilibrada —dijo Monsieur Brul—. ¿Cuál es el problema?

—Era un equilibrio inestable —aseguró Wolf—. Un equilibrio agotador. Un sistema en el que todas las fuerzas actuantes fueran nulas me habría convenido mucho más.

—Qué más estable... —empezó Monsieur Brul, pero se interrumpió tras dirigir a Wolf una mirada peculiar.

—Mi hipocresía iba en aumento —dijo Wolf sin pestañear—. No hablo de la hipocresía entendida como la capacidad de disimular: me refiero a mi trabajo. Tuve la suerte de ser inteligente, y hacía ver que trabajaba, cuando en realidad no me costaba el más mínimo esfuerzo superar el nivel medio de la clase. Pero a la gente inteligente no se la quiere.

—A usted le gusta sentirse amado, ¿no? —dijo Monsieur Brul, como quien no quiere la cosa.

Wolf palideció y se le ensombreció el semblante.

—Eso dejémoslo —dijo—. Estamos hablando de estudios.

—Pues hablemos de estudios —dijo Monsieur Brul.

—Hágame preguntas —dijo Wolf— y le contestaré.

—¿En qué sentido —preguntó de inmediato Monsieur Brul— fueron formativos sus estudios? Por favor, no se limite a su primera infancia. Quiero saber cuál fue el resultado de todo ese trabajo... porque hubo un trabajo por parte de usted, y una evidente asiduidad, aunque sólo fuera externa; y las acciones repetidas durante un tiempo suficientemente largo no pueden dejar de hacer mella en un individuo.

—Un tiempo suficientemente largo... —repitió Wolf—. ¡Qué calvario! Dieciséis años... dieciséis años con el culo pegado a un banco duro... dieciséis años de chanchullos y honestidad alternados. Dieciséis años de aburrimiento: ¿qué queda de ellos? Imágenes aisladas, ínfimas... el olor de los libros nuevos el primero de octubre, las hojas que dibujábamos, el vientre asqueroso de la rana disecada en clase de prácticas, con su peste a formol, y los últimos días de curso, cuando nos dábamos cuenta de que los profesores son personas porque también ellos se van de vacaciones, y había menos alumnos en clase. Y ese miedo atroz, del que ya no recuerdo la causa, las vísperas de exámenes... Costumbres regulares... todo se reducía a esto... pero ¿sabe usted Monsieur Brul, que es un crimen imponer a los niños un horario que dura dieciséis años? El tiempo es un engaño, Monsieur Brul. El tiempo real no es mecánico, no está dividido en horas iguales... el tiempo de verdad es subjetivo... se lleva dentro... Levántese a las siete todas las mañanas... Almuerce a mediodía, acuéstese a las nueve... y no tendrá nunca una noche suya... no sabrá nunca que hay un momento en que, al igual que la marea deja de bajar y se queda un instante inmóvil antes de volver a subir, el día y la noche se mezclan y se funden, y forman una barra de fiebre semejante a la que forman los ríos cuando desaguan en el océano. Me robaron dieciséis años de noche, Monsieur Brul. Me hicieron creer, en primero de bachillerato, que mi único progreso debía consistir en pasar a segundo... en sexto, tuve que hacer la reválida... y luego, un título... Sí, pensé que tenía un objetivo en la vida, Monsieur Brul... y no tenía nada... Avanzaba por un pasillo sin principio ni fin, a remolque de unos imbéciles, precediendo a otros imbéciles. Envolvemos la vida con diplomas. Del mismo modo en que te envuelven los polvos amargos con cápsulas, para que te los tragues sin darte cuenta... pero ve usted, Monsieur Brul, ahora ya sé que me habría gustado el verdadero sabor de la vida.

Monsieur Brul se frotó las manos sin decir palabra, y luego se estiró los dedos hasta hacer crujir los huesos, cosa que desagradó a Wolf.

—Por eso hice trampas —concluyó Wolf—. Hice trampas... para ser sólo el que piensa en la jaula, ya que de todos modos seguía encerrado allí con los que se quedaban inertes... y no salí ni un segundo antes que ellos. Es cierto, pudieron pensar que me sometía, que hacía lo que ellos, y eso satisfacía mi preocupación por la opinión ajena. Y, sin embargo, durante todo ese tiempo viví en otra parte... era perezoso y pensaba en otras cosas.

—Oiga —dijo Monsieur Brul—, no veo en ello trampa ninguna. Perezoso o no, terminó usted sus estudios, y con buenas calificaciones. Que estuviera usted pensando en otra cosa no significa que fuera culpable.

—Me desgastó, Monsieur Brul —dijo Wolf—. Odio los años de estudio porque me desgastaron. Y odio el desgaste.

Dio un golpe al escritorio con la palma de la mano.

—Mire —dijo—. Este viejo escritorio. Todo lo que rodea a los estudios es así. Cosas sucias y polvorientas. Pintura que cae de las paredes. Bombillas cubiertas de polvo y de cagadas de mosca. Tinta por todas partes. Mesas llenas de agujeros hechos con la navaja. Vitrinas con pájaros disecados y roídos por los gusanos. Laboratorios de química que apestan, gimnasios miserables y mal ventilados, escorias de hierro en los patios. Y viejos profesores estúpidos. Unos chochos.

Una escuela de chochez. La instrucción... Y todo esto envejece mal. Se convierte en lepra. Se desgasta la superficie y se ve lo que hay debajo: mierda.

Monsieur Brul pareció fruncir ligeramente el ceño, y su larga nariz se arrugó en un asomo de desaprobación.

—Todos envejecemos... —dijo.

—Claro —dijo Wolf—, pero no de esta manera. Nosotros nos exfoliamos... nos desgastamos de dentro afuera. No es tan feo.

—Envejecer no es una tara —dijo Monsieur Brul.

—Sí —respondió Wolf—. Deberíamos avergonzarnos de nuestro desgaste.

—Pero si a todo el mundo le ocurre lo mismo —objetó Monsieur Brul.

—Y no tiene ninguna importancia —dijo Wolf—, si se ha vivido. Pero de lo que me quejo es de que se empiece por envejecer. Mire, Monsieur Brul, mi punto de vista es simple: mientras exista un lugar en el que haya aire, sol y hierba, tenemos la obligación de lamentar no estar allí, sobre todo si somos jóvenes.

—Volvamos al tema que nos ocupa —dijo Monsieur Brul.

—Estamos de lleno en él —dijo Wolf.

—¿Y no hay nada bueno en usted que pueda ser debido a sus estudios?

—Ah... —dijo Wolf—, Monsieur Brul... no tiene usted derecho a hacerme esta pregunta...

—¿Por qué? —dijo Monsieur Brul—. Sabe, a mí me da exactamente igual.

Wolf le miró y por sus ojos pasó la sombra de una decepción más.

—Sí —dijo—, perdóneme...

—De todos modos —dijo Monsieur Brul—, tengo que saberlo.

Wolf asintió con la cabeza y se mordió el labio inferior antes de empezar.

—No se vive impunemente en un tiempo dividido en compartimientos —dijo— sin caer en un fácil gusto por cierto orden aparente. Y qué más natural, después, que extenderlo a todo lo que te rodea....

—Nada más natural —dijo Monsieur Brul—, aunque sus dos afirmaciones sean en realidad características de su manera de ser y no de la de todos, pero sigamos.

—Acuso a mis maestros —dijo Wolf— de haberme hecho creer, con sus enseñanzas y las de los libros, en una posible inmovilidad del mundo. De haber hecho que mis pensamientos se estancaran en determinado nivel (nivel que, por otra parte, ni ellos eran capaces de definir sin contradicciones), y de haberme hecho pensar que algún día, en algún lugar, podía existir un orden ideal.

—Pero ésta es una creencia alentadora —dijo Monsieur Brul—, ¿no le parece?

—Cuando se da uno cuenta de que no lo alcanzará jamás —dijo Wolf—, y que hay que delegar su disfrute a generaciones tan lejanas como las nebulosas del cielo, este aliento se convierte en desesperación y lo precipita a uno al fondo de sí mismo como el ácido sulfúrico precipita las sales de bario, para explicarlo en un lenguaje escolar. Y aún en el caso del bario el precipitado es blanco.

—Ya lo sé, ya lo sé —dijo Monsieur Brul—. No se pierda en comentarios sin interés.

Wolf le miró con rabia.

—Se terminó —dijo—. Ya he hablado bastante. Arrégleselas como pueda.

Monsieur Brul frunció el ceño y sus dedos repiquetearon en la mesa.

—Dieciséis años de su vida —dijo—, y ya ha hablado usted bastante. Eso es todo lo que le ha hecho. Se lo toma muy a la ligera.

—Monsieur Brul —dijo Wolf subrayando las palabras—, escuche lo que voy a contestarle. Escúcheme con atención. Sus estudios no son más que una broma. Es lo más fácil del mundo. Desde hace generaciones y generaciones, se intenta hacer creer a la gente que un ingeniero o un sabio son hombres de élite. Pues bien, yo me río; y nadie se llama a engaño, excepto los que pretenden formar parte de esa élite: Monsieur Brul, es más difícil aprender a boxear que aprender matemáticas. Si no, habría en las escuelas muchas más clases de boxeo que de aritmética. Es más difícil llegar a ser un buen nadador que escribir correctamente. Si no, habría muchos más entrenadores de natación que profesores de gramática. Todo el mundo puede ser bachiller, señor Brul... y, en efecto, hay muchos bachilleres, pero ¿cuántos de ellos son capaces de participar en una prueba de decatlón? Monsieur Brul, odio los estudios porque hay demasiados imbéciles que saben leer: pero ni estos imbéciles se equivocan, porque se pasan el día leyendo periódicos deportivos y glorificando a los héroes del estadio. Y más nos valdría aprender a hacer el amor correctamente que devanarnos los sesos delante de un libro de historia.

Monsieur Brul levantó tímidamente la mano.

—No me corresponde a mí hacerle preguntas sobre este asunto —dijo—. No se aparte del tema, vuelvo a recordárselo.

—El amor es una actividad física tan descuidada como las demás —dijo Wolf.

—Es posible —respondió Monsieur Brul—, pero normalmente se le dedica un capítulo especial.

—Está bien —dijo Wolf—, no hablemos más de ello. Ahora ya sabe qué opino de sus estudios. De su chochez. De su propaganda. De sus libros. De sus aulas que apestan y de los tontos de la clase que se pasan el día masturbándose. De sus lavabos llenos de mierda y de los alborotadores solapados, de los alumnos de la Escuela Normal, verdosos y gafudos, de los del Politécnico, llenos de presunción, de los de la Central, almibarados de burguesía, de los médicos ladrones y de los jueces deshonestos... qué porquería... yo me quedo con un buen combate de boxeo... también está amañado, pero por lo menos es divertido.

—Es divertido sólo por contraste —dijo Monsieur Brul—. Si hubiera tantos boxeadores como estudiantes, al que llevarían en triunfo sería al vencedor de las oposiciones.

—Puede ser —dijo Wolf—, pero se ha preferido propagar la cultura intelectual. Tanto mejor para la cultura física... Y ahora, si me dejara en paz, me iría fantásticamente bien.

Se llevó las manos a la cabeza y dejó de mirar a Monsieur Brul por unos instantes. Cuando volvió a levantar la mirada, éste había desaparecido, y él estaba sentado en medio de un desierto de arena dorada; la luz parecía surgir de todas partes, y oía a sus espaldas un vago rumor de olas. Se volvió y, a unos cien metros, vio el mar, azul, tibio, esencial, y sintió que se le ensanchaba el corazón. Se descalzó, dejó allí sus botas, su traje de cuero y su casco y corrió al encuentro de la brillante franja de espuma que orlaba el manto azul. Y de repente todo se confundió, se desvaneció. Y era otra vez el torbellino, el vacío, el frío glacial de la cabina.

26

Wolf, de nuevo en su despacho, aguzaba el oído. De arriba le llegaba el ruido de los pasos impacientes de Lazuli en su habitación. Lil debía de estar arreglando la casa, no muy lejos de allí. Wolf se sentía acorralado, había agotado tantas distracciones en tan poco tiempo que ya no le quedaban ideas, sólo un enorme cansancio, sólo la cabina de acero; y el éxito de la operación contra los recuerdos le parecía ahora dudoso.

Se levantó, incómodo, y buscó a Lil de habitación en habitación. La encontró en la cocina, de rodillas junto a la caja del senador. Le estaba mirando con los ojos inundados de lágrimas.

—¿Qué pasa? —preguntó Wolf.

El uapití dormía entre las patas del senador, y éste babeaba, con la mirada perdida, cantando fragmentos de canciones inarticuladas.

—Es que el senador... —dijo Lil, y se le quebró la voz.

—¿Qué le pasa? —dijo Wolf.

—No lo sé —dijo Lil—. No sabe lo que dice y no contesta cuando le hablas.

—Pero parece contento —dijo Wolf—. Está cantando.

—Se diría que chochea —murmuró Lil.

El senador movió la cola y un asomo de comprensión iluminó sus ojos por espacio de un instante.

—¡Exacto! —señaló—. Chocheo, y pienso seguir así. Y volvió a su atroz musiquita.

—Todo va bien —dijo Wolf—. Es viejo, ya sabes.

—Parecía tan contento de tener un uapití —contestó Lil, hecha un mar de lágrimas.

—Estar satisfecho o chochear —dijo Wolf— es lo mismo. Si ya no se desea nada, tanto da chochear.

—¡Oh! —dijo Lil—. Pobre senador.

—Ten en cuenta —dijo Wolf— que hay dos maneras de no desear nada: tener todo lo que se quería o estar desanimado porque no se ha conseguido.

—¡Pero no se quedará así! —dijo Lil.

—Ha dicho que sí —dijo Wolf—. Es la beatitud. En su caso, se debe a que ha conseguido lo que quería. Y creo que tanto este caso como el contrario conducen a la inconsciencia.

—Me pone enferma pensarlo —dijo Lil.

El senador hizo un último esfuerzo.

—Escuchen —dijo—, voy a ser lúcido por última vez. Estoy contento. ¿Lo entienden? Yo ya no tengo ninguna necesidad de entender. Es una satisfacción absoluta, que me reduce por lo tanto a un estado puramente vegetativo, y éstas serán mis últimas palabras. Vuelvo a tomar contacto... regreso a los orígenes... desde el momento en que estoy vivo y tengo todo lo que deseo, ya no me hace ninguna falta ser inteligente. Quiero añadir que es por ahí por donde habría tenido que empezar.

Se lamió la nariz con glotonería y emitió un sonido incongruente.

—Funciono —dijo—. Lo demás son tonterías. Y ahora me retiro a mis cuarteles. Les quiero mucho, y puede que siga comprendiéndoles, pero no abriré más la boca. Tengo mi uapití. Encuentren el suyo.

Lil se sonó y acarició al senador, que movió la cola, acercó la nariz al cuello del uapití y se durmió.

—¿Y si no hubiera uapitís para todo el mundo? —dijo Wolf.

Ayudó a Lil a levantarse.

—Oh —dijo Lil—, no puedo hacerme a la idea.

—Lil —dijo Wolf—. Te quiero tanto. ¿Por qué no soy tan feliz como el senador?

—Es que soy demasiado pequeña —dijo Lil, estrechándose contra él—. O, si no, es porque te confundes. Tomas una cosa por otra.

Salieron de la cocina y fueron a sentarse en un gran diván.

—Lo he intentado casi todo —dijo Wolf—, y no hay nada que me queden ganas de volver a hacer.

—¿Ni siquiera besarme? —dijo Lil.

—Sí —dijo Wolf, haciéndolo.

—¿Y tu vieja y horrible máquina? —dijo Lil.

—Me da miedo —murmuró Wolf—. La forma en que se vuelve a pensar en las cosas, allí dentro...

Sintió una crispación de descontento en la región del cuello.

—Está hecha para olvidar, pero antes tienes que recordarlo todo —prosiguió—. Sin omitir nada. Con más detalles aún. Y sin sentir lo que sentías entonces.

—¿Tan desagradable es? —dijo Lil.

—Es insoportable, tener que arrastrar contigo lo que has sido en el pasado —dijo Wolf.

—¿No quieres llevarme? —dijo Lil, mimosa.

—Eres bonita —dijo Wolf—. Eres cariñosa. Te quiero. Y estoy decepcionado.

—¿Estás decepcionado? —repitió Lil.

—No es posible que sólo haya esto —dijo Wolf haciendo un gesto vago—, el pluk, la máquina, las amorosas, el trabajo, la música, la vida, los demás...

—¿Y yo? —dijo Lil.

—Sí —dijo Wolf—. Quedarías tú, pero no se puede estar dentro de la piel de otro. Seríamos dos. Y tú eres completa. Tú entera ya eres demasiado; y como todo merece ser conservado, más vale que seas distinta a mí.

—Métete en mi piel conmigo —dijo Lil—. Sería feliz, estando siempre contigo.

—Es imposible —dijo Wolf—. Uno no puede meterse en la piel de otro a menos que lo mate y lo desolle.

—Desóllame —dijo Lil.

—Y entonces —dijo Wolf— ya no te tendría; seguiría siendo yo con la piel de otro.

—¡Oh! —dijo Lil, triste.

—Las cosas son así cuando se está decepcionado —dijo Wolf—. Y se puede estar decepcionado por todo. Es irremediable, siempre pasa lo mismo.

—¿No te queda ninguna esperanza? —dijo Lil.

—Esa máquina... —dijo Wolf—. Me queda esa máquina. Después de todo, aún no la he usado mucho.

—¿Cuándo vas a volver a meterte en ella? —dijo Lil—. Me da tanto miedo la cabina... Y no me cuentas nada.

—Lo dejo para mañana —dijo Wolf—. Ahora tengo que irme a trabajar. En cuanto a contarte qué pasa, no puedo.

—¿Por qué? —preguntó Lil.

La mirada de Wolf se tornó impenetrable.

—Porque no me acuerdo de nada —dijo—. Sólo sé que una vez dentro los recuerdos vuelven; pero la máquina sirve precisamente para destruirlos tan pronto aparecen.

—¿Y no te da miedo —dijo Lil— destruir todos tus recuerdos?

—Oh —dijo Wolf, evasivo—, aún no he destruido nada importante.

Aguzó el oído. La puerta de casa de Lazuli acababa de cerrarse y se oía ruido de pasos por la escalera. Se levantaron y miraron por la ventana. Lazuli se alejaba casi corriendo, en dirección al Cuadrado. Antes de llegar, se tiró al suelo cubierto de hierba roja y ocultó la cara entre las manos.

—Sube a ver a Folavril —dijo Wolf—. ¿Qué habrá ocurrido? Está agotado.

—¿No vas a consolarle? —dijo Lil.

—El hombre se consuela solo —dijo Wolf, regresando a su despacho.

Mentía con naturalidad y sinceridad. Un hombre se consuela exactamente igual que una mujer.

27

A Lil le daba un poco de vergüenza ir a consolar a Folavril, porque era dar muestra de muy poca discreción, pero también era cierto que Lazuli no solía irse así, y su manera de correr había sido más la de un hombre aterrorizado que la de un hombre encolerizado.

Lil salió al rellano y subió los dieciocho escalones. Llamó a la puerta de Folavril. Los pasos de Folavril se acercaron a abrirle y Folavril le dio la bienvenida.

—¿Qué le pasa a Lazuli? —preguntó Lil—. ¿Tiene miedo o está enfermo?

—No lo sé —dijo Folavril, dulce y reservada como siempre—. Se ha marchado de repente.

—No quisiera ser indiscreta —dijo Lil—. Pero me ha parecido distinto.

—Me estaba besando —explicó Folavril—, y ha visto a alguien y esta vez no ha podido resistirlo. Se ha ido.

—¿Y no había nadie? —dijo Lil.

—Eso no importa —dijo Folavril—. Pero él seguro que ha visto a alguien.

—¿Y qué se puede hacer? —dijo Lil.

—Creo que se avergüenza de mí —dijo Folavril.

—No —dijo Lil—, debe de tener vergüenza de estar enamorado.

—Pero si nunca he hablado mal de su madre —protestó Folavril.

—Te creo —dijo Lil—. Pero ¿qué se puede hacer?

—No sé si ir a buscarle —dijo Folavril—. Tengo la sensación de que soy la causa de su martirio, y no quiero martirizarle.

—Qué hacer... —repitió Lil—. Si quieres, puedo ir yo a buscarle.

—No sé —dijo Folavril—. Cuando está conmigo, tiene tantas ganas de tocarme, de besarme, de hacerme el amor, me doy cuenta, y me gustaría que lo hiciera; pero no se atreve, porque tiene miedo de que vuelva el hombre, y a mí esto me da igual, porque yo no lo veo, pero a él lo paraliza, y ahora es peor, porque está aterrorizado.

—Sí —dijo Lil.

—Y pronto —dijo Folavril— se pondrá furioso, porque me desea cada vez más. Y yo a él.

—Sois los dos demasiado jóvenes para eso —dijo Lil.

Folavril se echó a reír, con una bonita carcajada ligera y breve.

—También usted es demasiado joven para hablar en ese tono —observó.

Lil sonrió, pero sin alegría.

—No quiero ponerme en plan de abuela —dijo—, pero hace ya varios años que estoy casada con Wolf.

—Lazuli es distinto —dijo Folavril—. No quiero decir que sea mejor; no le atormentan las mismas cosas que atormentan a Wolf; pero Wolf también está atormentado, no me lo niegue.

—Sí —dijo Lil.

Folavril le estaba diciendo más o menos lo mismo que le acababa de decir Wolf, y le pareció curioso.

—Todo sería tan sencillo —suspiró.

—Sí —dijo Folavril—, pero a fuerza de cosas sencillas el conjunto acaba por complicarse, y se le pierde de vista. Tendríamos que poderlo mirar desde muy alto.

—Y entonces —dijo Lil— nos asustaría comprobar que todo es tan sencillo pero que no hay remedio, que no se pueden desvanecer las ilusiones.

—Es probable —dijo Folavril.

—¿Qué se hace cuando se está asustado? —dijo Lil.

—Lo que ha hecho Lazuli —dijo Folavril—. Se tiene miedo y se huye.

—O, en otros casos, se encoleriza uno —murmuró Lil.

—Es el riesgo que se corre —dijo Folavril.

Se callaron.

—Pero, ¿qué podríamos hacer para que se interesaran de nuevo por algo? —dijo Lil.

—Yo hago lo que puedo —dijo Folavril—. Usted también. Somos atractivas, procuramos darles toda la libertad, intentamos ser tan tontas como es debido, porque es tradición que las mujeres sean tontas, y eso es tan difícil como lo que más, les prestamos nuestro cuerpo y tomamos el suyo; por lo menos esto es honesto, y ellos se van porque tienen miedo.

—Y ni siquiera es de nosotras de quien tienen miedo —dijo Lil.

—Sería demasiado hermoso —dijo Folavril—. Hasta el miedo les tiene que venir de ellos mismos.

El sol merodeaba por los alrededores de la ventana, y de vez en cuando lanzaba un gran rayo blanco sobre el pulido parquet.

—¿Y por qué nosotras resistimos mejor? —preguntó Lil.

—Porque existe un montón de prejuicios en contra nuestra —dijo Folavril—, y esto da a cada una de nosotras la fuerza de un conjunto. Y ellos creen que somos complicadas porque siempre están pensando en nosotras en conjunto. Es lo que le decía.

—Entonces es que son tontos —dijo Lil.

—No generalice usted también —dijo Folavril—. Esto los haría complicados también a ellos. Y, uno por uno, no lo merecen. Nunca hay que pensar «los hombres». Hay que pensar «Lazuli» o «Wolf.» Ellos siempre piensan «las mujeres», y eso es lo que les pierde.

—¿De dónde has sacado todo esto? —preguntó Lil, admirada.

—No lo sé —dijo Folavril—. Me fijo en lo que dicen ellos. Por otra parte, todo lo que digo debe de ser una estupidez.

—Puede ser —dijo Lil—, pero de todos modos es claro.

Se acercaron a la ventana. Allá abajo, sobre la hierba escarlata, la mancha beige del cuerpo de Lazuli hacía un agujero en relieve. Lo que algunos llaman una protuberancia. Y a su lado estaba Wolf, de rodillas, con una mano en su hombro. Inclinado hacia él, debía de estar hablándole.

28

Era otro día. En la habitación de Lazuli, que olía a madera del norte y a resina, Folavril soñaba despierta. Lazuli iba a volver.

Por el techo corrían, como ranuras casi paralelas, las vetas de la madera salpicada de nudos oscuros y más lisos, pulidos por el metal de la sierra.

Fuera, el viento se arrastraba por entre el polvo de la carretera y vagaba en torno a los setos vivos. Rizaba la hierba escarlata en olas sinuosas cuya cresta cubrían de espuma las tiernas florecillas. La cama de Lazuli estaba fresca bajo el cuerpo de Folavril. Había apartado el cubrecama para que su cuello reposara sobre el lino de la almohada.

Lazuli volvería. Se echaría a su lado y deslizaría su brazo por debajo de sus rubios cabellos. La mano derecha de Lazuli recorrería la espalda que ahora ella se palpaba suavemente.

Era tímido.

Los sueños desfilaban ante los ojos de Folavril; ella los cogía al pasar; pero, perezosa, nunca los seguía hasta el final. ¿Para qué soñar, si Lazuli iba a volver, él que no era un sueño? Folavril vivía de verdad. Le palpitaba la sangre, la sentía poniéndose un dedo en la sien, y le gustaba abrir y cerrar las manos para relajar los músculos. En ese preciso momento no notaba su pierna izquierda, que se le había dormido, y aplazaba la decisión de moverla porque sabía qué sensación tendría entonces, y era mucho más placentero experimentarla por adelantado.

El sol materializaba el aire en millones de puntos de aire, por entre los que bailaban algunos bichos alados. A veces desaparecían súbitamente, como tragados por la sombra de un rayo vacío, y Folavril sentía una pequeña punzada en el corazón. Y luego volvía a su sueño y dejaba de prestar atención a la danza de las brillantes partículas. Oía ruidos familiares, los ruidos de la casa, puertas que se cerraban, el agua que cantaba en las tuberías, y, a través de la puerta, el chirrido irregular de la cuerda de la que se tiraba para abrir el tragaluz del sonoro pasillo, que en aquel momento era agitada por una corriente de aire variable.

Alguien silbaba en el jardín. Folavril movió la pierna y la pierna se le recompuso célula a célula; hubo un momento en que el hormigueo fue casi insoportable. Era delicioso. Se desperezó con un pequeño gemido de placer.

Lazuli subió sin prisas la escalera, y Folavril sintió que su corazón se despertaba. No latía más aprisa; al contrario, se estabilizó en un ritmo pausado, sólido y potente. Sentía enrojecer sus mejillas y suspiró de felicidad. Eso era vivir.

Lazuli llamó a la puerta y entró. Su silueta se recortaba en el panel de vacío, con sus cabellos de color arena, sus hombros anchos y su estrecha cintura. Llevaba el mono de color pardusco y la camisa abierta. Sus ojos eran grises como el gris metálico de ciertos esmaltes, su boca bien dibujada con una pequeña sombra bajo el labio inferior, y las líneas de su cuello musculoso conferían un movimiento romántico al cuello de su camisa.

Levantó una mano y la apoyó en el marco de la puerta. Miraba a Folavril, quien desde la cama le sonreía con los ojos entornados. No se le veía más que un punto brillante bajo las rizadas pestañas. Su pierna izquierda, doblada en ángulo recto, le levantaba el ligero vestido, y Lazuli seguía, turbado, la línea de la otra pierna, desde el zapato hasta la sombra de más allá de la rodilla.

—Hola... —dijo Lazuli sin dar un paso.

—Hola a ti —dijo Folavril.

Lazuli no se movía. Las manos de Folavril se alzaron hasta su collar de flores amarillas y lo desabrocharon suavemente. Estirando el brazo, sin dejar de mirar a Lazuli a los ojos, Folavril dejó caer al suelo el pesado hilo. Ahora se quitaba un zapato, sin prisa, palpando un poco hasta dar con la hebilla cromada.

Por fin lo logró, y el tacón chocó contra el suelo al caer el zapato; Folavril desabrochó la otra hebilla.

Lazuli respiraba más fuerte. Seguía, fascinado, los gestos de Folavril, que tenía los labios jugosos y escarlatas, como la sombra en el interior de una flor.

Ahora arrollaba hasta el tobillo una media de imperceptible malla, que se materializó en un pequeño copo gris, al que siguió un segundo copo; ambos fueron a reunirse con los zapatos.

Las uñas de los dedos de los pies de Folavril estaban pintadas de nácar azul.

Llevaba un vestido de seda con botones a los lados, de los hombros a las pantorrillas. Empezó por arriba y desabrochó dos botones. Luego soltó tres cierres al otro extremo; y luego uno arriba, otro abajo, dos a cada lado. Quedaba uno solo, en la cintura. Las faldas de su vestido caían a ambos lados de sus tersas rodillas, y en donde sus piernas recibían los rayos del sol se veía tremolar un suave vello dorado.

Un doble triángulo de blonda negra quedó colgado de la lámpara de la mesilla de noche, y tan sólo el último botón estaba por desabrochar, ya que la ligera prenda espumosa que Folavril llevaba al final de su liso vientre era parte integrante de su persona.

De repente la sonrisa de Folavril atrajo todo el sol de la habitación. Lazuli se acercó, fascinado, con los brazos colgando, inseguro. Entonces, Folavril se desprendió por completo de su vestido y quedó como extenuada, inmóvil, con los brazos en cruz. No hizo un solo movimiento en todo el tiempo que Lazuli tardó en desnudarse, pero sus senos duros, dilatados por su posición de reposo, erguían inexorables su pezón rosado.

29

Se tendió a su lado y la abrazó. Folavril se colocó de costado y le devolvió sus besos. Le acariciaba las mejillas con sus manos finas, y sus labios recorrían las pestañas de Lazuli, desflorándolas apenas. Lazuli, estremecido, sentía que un gran calor se asentaba en sus riñones y adquiría la forma estable del deseo. No quería apresurarse, no quería dejarse llevar por su apetito carnal, y había otra cosa, una inquietud real que le atormentaba y le impedía abandonarse. Cerraba los ojos y el dulce murmullo de la voz de Folavril lo sumía en un falso sueño sensual. Estaba echado sobre el costado derecho y ella le daba la cara. Levantando la mano izquierda, dio con la parte superior del blanco brazo de ella y lo siguió hasta la axila rubia, apenas vestida de un mechón de crin menuda y elástica. Al abrir los ojos vio una perla de sudor transparente y líquida que se deslizaba a lo largo del seno de Folavril, y se inclinó para saborearla; tenía el gusto de la lavanda salada; posó sus labios en la piel tersa y Folavril, sintiendo cosquillas, pegó su brazo a su costado, riendo. Lazuli deslizó su mano derecha por debajo de la larga cabellera y la cogió por el cuello. Los puntiagudos senos de Folavril se refugiaron en su pecho; ella ya no reía, tenía la boca entreabierta y el aspecto más joven aún que de costumbre: parecía un bebé a punto de despertarse.

Por encima del hombro de Folavril, Lazuli vio a un hombre de aspecto triste, que le miraba.

No se movió. Su mano buscó disimuladamente, hacia atrás. La cama era baja y pudo alcanzar sus pantalones, que estaban en el suelo, muy cerca. Atado al cinturón, encontró el puñal de hoja acanalada, su puñal de cuando era *boy-scout*.

No apartaba la mirada del hombre. Folavril, inmóvil, suspiraba, y le brillaban los dientes por entre sus labios entregados. Lazuli liberó su brazo derecho. El hombre no se movía, estaba de pie junto a la cama, al otro lado de Folavril. Lentamente, sin perderle de vista, Lazuli se arrodilló e hizo pasar el cuchillo a su mano derecha. Estaba sudando, había gotitas en sus sienes y en su labio superior. Le escocían los ojos por culpa del sudor. Con un súbito gesto de la mano izquierda, agarró al hombre por el cuello y lo arrojó sobre la cama. Sentía una fuerza desmesurada. El hombre permanecía inerte, como un cadáver, y, por ciertos indicios, Lazuli tuvo la sensación de que iba a desvanecerse en el aire, de que iba a evaporarse allí mismo. Entonces, salvajemente, le clavó el puñal en el corazón, por encima del cuerpo de Folavril, que murmuraba palabras apaciguadoras. Su acción produjo un ruido sordo, como el de un golpe en un tonel de arena, y la hoja penetró hasta la empuñadura, estampando la ropa en la herida. Lazuli retiró el arma —una sangre viscosa se coagulaba ya sobre la hoja—, Lazuli la limpió con la solapa de la chaqueta del hombre.

Dejó el cuchillo al alcance de su mano y empujó el cuerpo inerte hasta el otro borde de la cama. El cadáver cayó sobre la alfombra, sin ruido. Lazuli se pasó el antebrazo derecho por la frente, que chorreaba sudor. Sentía en todos sus músculos una potencia salvaje, a punto de ebullición. Alzó la mano ante sus ojos para ver si temblaba. Estaba firme y tranquila como una mano de acero.

Fuera empezaba a soplar el viento. Torbellinos de polvo se alzaban oblicuamente del suelo y corrían por sobre las hierbas. El viento se aferraba a las vigas y a las cornisas del techo y, en cada una, hacía brotar un pequeño alarido quejumbroso, un hilo sonoro. La ventana del pasillo golpeaba sin avisar. Frente al despacho de Wolf, el árbol se movía con incesante rumor de hojas.

En la habitación de Lazuli todo había vuelto a la calma. El sol giraba poco a poco y empezaba a liberar los colores de un cuadro que estaba encima de la cómoda. Un hermoso cuadro, la sección de un motor de avión, con el agua pintada de color verde, la gasolina de color rojo, los gases de escape amarillos y el aire de admisión azul. En el momento de producirse la combustión, la superposición de rojo y azul daba un bonito color púrpura, como de hígado crudo.

Los ojos de Lazuli volvieron a fijarse en Folavril. Había dejado de sonreír. Parecía una niña frustrada sin motivo.

Pero sí había motivo: yacía entre la cama y la pared, sangrando una sangre espesa que le brotaba de una hendidura negra, a la altura del corazón. Lazuli, libre ya, se inclinó sobre Folavril. Depositó un beso imperceptible en el perfil de su cuello, y sus labios descendieron a lo largo del hombro que se les ofrecía, alcanzaron el costado ligeramente ondulado por el relieve de las costillas, se sumergieron en el hueco de la cintura y volvieron a subir por la cadera. Folavril, recostada sobre el lado izquierdo, se dejó caer de pronto sobre la espalda, y la boca de Lazuli quedó apoyada en la ingle: bajo la piel transparente una vena dibujaba, velada, una delgada línea azul. Las manos de Folavril se apoderaron de la cabeza de Lazuli para guiarla... pero ya Lazuli deshacía el contacto y se incorporaba, salvaje.

Al pie de la cama, erguido frente a él, había un hombre de aspecto triste, vestido de oscuro, que les miraba.

Abalanzándose sobre el puñal, Lazuli dio un salto y golpeó. A la primera, el hombre cerró los ojos. Sus párpados cayeron precisos como tapaderas de metal. Seguía en pie; Lazuli tuvo que hundirle la hoja entre las costillas por segunda vez para que el cuerpo oscilara y se desplomara al pie de la cama como una driza rota.

Desnudo, con el puñal en la mano, Lazuli contemplaba el lúgubre cadáver con una mueca de odio y de rabia. No se atrevió a darle un puntapié.

Folavril, sentada en la cama, miraba a Saphir con inquietud. Sus rubios cabellos, echados a un lado, le ocultaban la mitad de la cara, y ella inclinaba la cabeza hacia el otro lado para ver mejor.

—Ven —dijo a Lazuli, tendiéndole la mano—, ven, deja esto, vas a hacerte daño.

—Con éste, ya son dos menos —dijo Lazuli.

Tenía la voz inexpresiva que se tiene en los sueños.

—Cálmate —dijo Folavril—. No pasa nada. De verdad. No ha pasado nada. Relájate. Ven aquí.

Lazuli inclinó la cabeza, en un gesto de desaliento, y fue a sentarse al lado de Folavril.

—Cierra los ojos —le dijo ella—. Cierra los ojos y piensa en mí... y tómame, ahora, tómame, te lo suplico, te deseo demasiado. Saphir, amor mío.

Lazuli tenía aún el puñal en la mano. Lo dejó debajo de la almohada, tumbó a Folavril de espaldas y se arrastró hacia ella, que se aferró a él como una planta rubia, susurrando palabras para calmarle.

No se oía en la habitación otro ruido que el de sus respiraciones entremezcladas y el lamento del viento que afuera gemía y abofeteaba con violencia los árboles. Nubes veloces, que se perseguían unas a otras como la policía a los huelguistas, ocultaban por momentos el sol.

Los brazos de Lazuli estrechaban con fuerza el torso nervioso de Folavril. Abrió los ojos y vio contra su piel los senos de Folavril, que su abrazo hacía parecer más hinchados, y la línea de sombra que corría entre ellos, una línea redondeada y húmeda.

Otra sombra le hizo estremecerse. El sol, que había vuelto de repente, recortaba en negro sobre la ventana la silueta de un hombre de aspecto triste, vestido de oscuro, que le miraba.

Lazuli gimió débilmente y abrazó más fuerte a la muchacha dorada. Quería cerrar los párpados, pero éstos se negaban a obedecerle. El hombre no se movía. Indiferente, apenas reprobador, esperaba.

Lazuli soltó a Folavril. Palpó debajo de la almohada y encontró el cuchillo. Apuntó cuidadosamente y lo lanzó.

El arma se clavó en el pálido cuello del hombre.

Sólo sobresalía la empuñadura, y empezó a brotar sangre. Impasible, el hombre seguía allí. Cuando la sangre llenó al parquet, se tambaleó y cayó redondo. En el momento que tocó el suelo, el viento gimió más fuerte y cubrió el ruido de la caída, pero Lazuli percibió la vibración del parquet. Se sustrajo al abrazo de Folavril, que quería retenerle y, titubeando, se dirigió hacia el hombre. De un tirón brutal, arrancó el cuchillo de la herida.

Le rechinaban los dientes. Cuando se volvió, vio a su izquierda a un hombre oscuro, idéntico a los otros tres. Se abalanzó sobre él con el puñal en alto. Esta vez lo hirió desde arriba, clavándole la hoja entre los hombros. Y en ese momento apareció un hombre a su derecha, y otro frente a él.

Folavril, sentada en la cama, con los ojos agrandados por el horror, se tapaba la boca para mantenerse en calma. Cuando vio que Lazuli dirigía su arma contra sí mismo y la hundía en su corazón se puso a chillar. Saphir cayó de rodillas. Se esforzaba por levantar la cabeza, y su mano, roja hasta la muñeca, dejó su huella en el parquet desnudo. Gruñía como una bestia, y su respiración hacía un ruido semejante al del agua. Quiso decir algo, y se puso a toser. A cada espasmo la sangre salpicaba el suelo en millares de puntos escarlatas. Una especie de sollozo estiró hacia abajo la comisura de su boca, y su brazo cedió. Se desplomó. La empuñadura del puñal chocó de lleno contra el suelo, y la hoja azul emergió de su espalda desnuda, levantando la piel antes de romperla. No se movió más.

Y entonces, de repente, todos los cadáveres se hicieron visibles para Folavril. El primero, tendido a lo largo del somier, el que dormía a los pies de la cama, el que estaba junto a la ventana, con esa horrible herida en el cuello... y las heridas de cada uno de ellos se iban repitiendo en el cuerpo de Lazuli. Al último lo había matado de una puñalada en el ojo; cuando se lanzó hacia su amigo para intentar devolverle a la vida, vio que su ojo derecho no era más que una negra cloaca.

Ahora se oía fuera un rumor persistente y vago; el cielo, pálido, presagiaba tormenta.

Folavril no profería palabra. Su boca temblaba como si tuviera frío. Se levantó y volvió a vestirse maquinalmente. Sus ojos no se apartaban de los cadáveres esparcidos por la habitación, todos iguales. Los miró con detenimiento. Uno de los hombres oscuros yacía boca abajo, más o menos en la misma posición que Lazuli, y sus perfiles se parecían de manera sorprendente. La misma frente, la misma nariz. El sombrero del hombre había rodado por el suelo, descubriendo una cabellera igual a la de Lazuli. Folavril creyó enloquecer. Lloraba sin ruido, con todos sus ojos, y no se atrevía a moverse. Todos los hombres eran idénticos a Lazuli. Y luego el cuerpo del primer muerto perdió nitidez. Sus contornos se diluyeron en una espesa bruma. La metamorfosis se aceleró. El cuerpo empezó a disolverse en su presencia. El traje negro se deshilachó en regueros de sombra. Antes de que el cuerpo desapareciera, Folavril tuvo tiempo de comprobar que era idéntico al de Lazuli, pero se estaba fundiendo, y el humo gris se deslizaba a ras del suelo y desaparecía por las rendijas de la ventana. Y la transformación del segundo cadáver había empezado ya. Folavril, paralizada por el miedo, esperaba inmóvil. Se atrevió a mirar a Lazuli. Las heridas iban desapareciendo, una a una, de su piel tostada, a medida que los hombres se iban transformando en niebla.

Cuando en la habitación no quedaron más que Folavril y Lazuli, el cuerpo de este último volvía a tener en la muerte el mismo aspecto joven y hermoso que había tenido en vida. Su rostro se había relajado y estaba intacto. El ojo derecho brillaba, apagado, bajo las largas pestañas. Tan sólo un triángulo de acero azul marcaba la robusta espalda con una mancha insólita.

Folavril dio un paso hacia la puerta. Nada se movió. Un último vestigio de vapor gris se deslizó, insinuante, por el alféizar de la ventana. Entonces Folavril corrió hacia la puerta, la abrió y volvió a cerrarla en un segundo y se precipitó por el pasillo, hacia la escalera. En ese momento fuera se desencadenó el viento, al tiempo que estallaba un trueno terrible y que empezaba a caer una lluvia pesada, brutal, que resonaba contra las tejas. Hubo un relámpago, un trueno otra vez, y Folavril bajó la escalera corriendo, llegó a casa de Lil y entró. Una vez dentro, cerró los ojos. Acababa de ver un resplandor más intenso que todos los demás, seguido inmediatamente de una explosión casi insoportable. La casa tembló sobre sus cimientos como si un puño formidable acabara de abatirse sobre su techo. Y de repente reinó un silencio total, que le dejó los oídos zumbando como a quien se sumerge en aguas demasiado profundas.

162

30

Ahora Folavril descansaba en la cama de su amiga. Lil, sentada a su lado, la miraba con tierna compasión. Folavril lloraba aún un poco, con la respiración entrecortada por profundos sollozos, y tenía la mano de Lil entre las suyas.

—¿Qué ha pasado? —dijo Lil—. No es más que una tormenta, Folle, no hay que tomárselo tan a lo trágico.

—Lazuli ha muerto... —dijo Folavril.

Y dejó de llorar. Se sentó en la cama, con la mirada vaga, como si no entendiera.

—Vamos —dijo Lil—. No puede ser.

Todos sus reflejos se habían vuelto más lentos. Lazuli no podía haber muerto, Folavril tenía que estar equivocada.

—Está muerto, aquí arriba —dijo Folavril—. Tirado por el suelo, desnudo, con una hoja de puñal que le sale por la espalda. Y todos los demás se han ido.

—¿Quienes son los demás? —dijo Lil.

Se preguntaba si Folavril estaría delirando. Su mano no estaba excesivamente caliente.

—Los hombres vestidos de negro —dijo Folavril—. Intentó matarlos a todos, y cuando ha visto que no podía se ha matado él. Y en ese momento los he visto yo. Llegué a pensar que Lazuli estaba loco... pero los he visto, Lil los he visto cuando él ha muerto.

—¿Cómo eran? —preguntó Lil.

No se atrevía a hablar de Lazuli. Lazuli, allí arriba, con la hoja del puñal. Muerto. Se levantó sin esperar respuesta.

—Tenemos que ir... —dijo.

—No me atrevo... —dijo Folavril—. Se han volatizado... se han hecho humo, y eran todos idénticos a Lazuli. Todos iguales.

Lil se encogió de hombros.

—Qué tontería... —dijo—. ¿Qué ha pasado? ¿Lo has rechazado y él se ha matado? ¿Ha sido eso?

Folavril la miró, estupefacta.

—¡Oh, Lil! —y se echó a llorar de nuevo.

Lil se puso en pie.

—No podemos dejarle solo —murmuró—. Tenemos que traerle aquí.

Folavril se levantó a su vez.

—Voy con usted.

Lil estaba como embrutecida, vaga.

—Lazuli no ha muerto —murmuró—. La gente no se muere así como así.

—Se ha matado... —dijo Folavril—. Y tanto que me gustaban sus besos.

—Pobre chiquilla —dijo Lil.

—Son demasiado complicados —dijo Folavril—. Oh, Lil, me gustaría tanto que no hubiera pasado nada, que fuera ayer... o un momento antes, cuando estaba en mis brazos... Oh, Lil...

Iba siguiendo a Lil, que abrió la puerta y salió. Escuchó, y luego subió con decisión la escalera. Arriba estaban la habitación de Folavril, a la izquierda, y la habitación de Lazuli, a la derecha. La habitación de Folavril... a la izquierda... y a la derecha...

—Folavril —dijo Lil—, ¿qué ha pasado?

—No lo sé —dijo Folavril, apoyándose en ella.

En el lugar en que había estado la habitación de Lazuli no quedaba más que el tejado de la casa, situado más abajo que el pasillo, que ahora parecía un palco.

—¿Y la habitación de Lazuli? —preguntó Lil.

—No lo sé —dijo Folavril—. Lil, no lo sé. Quiero irme. Lil, tengo miedo.

Lil abrió la puerta de la habitación de Folavril. Todo estaba en su sitio: el tocador, la cama, el armario. Todo en orden, con un ligero perfume de jazmín. Volvieron a salir. Desde el pasillo se veían las tejas de la mitad del tejado: había una rota en la sexta fila.

—Ha sido un rayo... —dijo Lil—. Ha sido un rayo que ha hecho desaparecer a Lazuli y su habitación.

—No —dijo Folavril.

Ahora sus ojos estaban secos. Su cuerpo se puso tenso.

—Siempre ha estado así... —se obligó a decir—. No había ninguna habitación, y Lazuli no existe. Y yo no estoy enamorada de nadie. Y quiero irme, Lil, tiene que venir conmigo.

—Lazuli... —murmuró Lil, consternada.

Muda de estupor, volvió a bajar la escalera. Al abrir la puerta de su casa, apenas se atrevió a tocar el pomo, por miedo a que todo quedara reducido a sombras. Al pasar frente a la ventana se estremeció.

—Esta hierba roja —dijo— es siniestra.

31

Al llegar al borde del agua, Wolf respiró profundamente el aire salado y se desperezó. El mar, móvil y calmo, y la arena lisa se extendía hasta perderse de vista. Wolf acabó de desnudarse y entró en el mar. Era cálido y relajante, como un terciopelo beige y grisáceo bajo sus pies desnudos. Se metió más adentro. El fondo tenía una inclinación casi inapreciable, y tuvo que andar mucho tiempo para que el agua le llegara a los hombros. Era pura y transparente; veía sus pies blancos más grandes de lo que eran en realidad, y sus pasos levantaban pequeñas nubes de arena. Luego se puso a nadar, con la boca entreabierta para saborear la sal ardiente, y sumergiéndose de vez en cuando para sentirse entero dentro del mar. Estuvo retozando un buen rato; luego volvió a la orilla. Junto a su ropa había ahora dos formas negras, inmóviles, sentadas en sillas de tijera con patas amarillas. Como estaban de espaldas, no tuvo reparo en salir desnudo y acercarse a ellas para volver a vestirse. Apenas estuvo presentable, las dos ancianas se dieron la vuelta, como advertidas por un instinto secreto. Llevaban deformes sombreros de paja negra, y chales descoloridos como los que acostumbran a llevar las viejas en la playa. Cargaban las dos con bolsos de labor de punto de cruz con cierres de imitación concha dorada. La más vieja llevaba medias de algodón blanco y zapatos con los tacones torcidos, estilo Carlos IX, de un sucio color gris. La otra calzaba unas viejas zapatillas, y bajo sus medias de hilo negro se veían vendas para las varices. Entre las dos, Wolf descubrió una pequeña placa de cobre. La de los zapatos planos se llamaba Mademoiselle Héloïse; la otra, Mademoiselle Aglaé. Las dos llevaban quevedos de acero azul.

—¿Es usted Monsieur Wolf? —dijo Mademoiselle Héloïse—. Somos las encargadas de interrogarle.

—Sí —corroboró Mademoiselle Aglaé—, de interrogarle.

Wolf hizo un gran esfuerzo de memoria para recordar el plan, que ya se le había ido de la cabeza, y tembló horrorizado.

—De interrogarme... ¿sobre el amor?

—Exacto —dijo Mademoiselle Héloïse—, somos especialistas.

—Especialistas —recalcó Mademoiselle Aglaé.

Se dio cuenta a tiempo de que enseñaba un poco demasiado los tobillos y, púdicamente, se bajó el vestido.

—No puedo decirles nada... —murmuró Wolf—. Jamás me atrevería...

—Oh —dijo Héloïse—, podemos oírlo todo.

—¡Todo! —aseguró Aglaé.

Wolf miró la arena, el mar y el sol.

—No iremos a hablar de esto en la playa —dijo.

Y, sin embargo, había sido en la playa donde experimentara sus primeros asombros. Pasaba con su tío por delante de las casetas cuando salió una joven. Wolf no creía que fuera normal detenerse a mirar a una mujer que tenía por lo menos veinticinco años, pero su tío se volvió, complacido, e hizo un comentario sobre la belleza de las piernas de la chica en cuestión.

—¿En qué te basas para decir eso? —preguntó Wolf.

—Salta a la vista —dijo su tío.

—Soy incapaz de darme cuenta —dijo Wolf.

—Ya verás como cuando seas mayor sabrás de qué va —dijo su tío.

Era preocupante. Quizá llegaría el día en que, al levantarse, podría decir: ésta tiene las piernas bonitas, ésta no. ¿Y qué se sentía, al pasar de la categoría de los que no saben a la de los que saben?

—Veamos —dijo la voz de Mademoiselle Aglaé, reclamándolo al presente—. A usted le gustaron siempre las niñas de su misma edad, ¿no?

—Me turbaban —dijo Wolf—. Me gustaba tocarles los cabellos y el cuello. No me atrevía a más. Todos mis amigos me cuentan que a los diez o doce años ya sabían lo que era una mujer; yo debía de estar muy atrasado, o quizá no tuve oportunidades. De todos modos, me parece que aunque lo hubiera sabido me habría abstenido voluntariamente.

—¿Y por qué? —preguntó Mademoiselle Héloïse.

Wolf reflexionó un poco.

—Escuchen —dijo—, tengo miedo de perderme en todo esto. Si me lo permiten, voy a pensarlo un momento.

Le esperaron pacientemente. Mademoiselle Héloïse sacó de su bolso una caja de pastillas verdes y le ofreció una a Aglaé, quien la aceptó. Wolf la rehusó.

—Esta es, en líneas generales —dijo Wolf—, la evolución de mis relaciones con las mujeres hasta que me casé. En principio, las deseé siempre... sin ninguna duda, pero no me acuerdo de la primera vez que me enamoré... Debe de haber sido hace mucho tiempo... Tenía cinco o seis años y no recuerdo quién era... Una señora vestida de noche que vi fugazmente en una fiesta que daban mis padres.

Se rió.

—No me declaré aquella noche —dijo—. Ni tampoco en las siguientes ocasiones. Y tantas veces como las deseé... me parece que yo era algo complicado, pero me fascinaban algunos detalles. La voz, la piel, los cabellos... Una mujer es algo muy hermoso.

Mademoiselle Héloïse carraspeó, y Mademoiselle Aglaé adoptó a su vez una expresión de modestia.

—También los pechos me impresionaban —dijo Wolf—. Por lo demás, mí... despertar sexual, por así decirlo, no se produjo hasta los catorce o quince años. A pesar de las crudas conversaciones con mis compañeros del instituto, mis conocimientos seguían siendo bastante vagos... yo... saben, señoritas, que todo esto me hace sentir incómodo.

Héloïse lo tranquilizó con un gesto.

—Le repito —dijo— que estamos preparadas para oír lo que sea.

—Hemos sido enfermeras... —añadió Aglaé.

—En ese caso, prosigo —dijo Wolf—. Más que nada, lo que deseaba era restregarme contra ellas, tocarles los pechos y las nalgas. El sexo no tanto. Soñé con mujeres muy gordas sobre las que habría estado como sobre un edredón. Soñé con mujeres musculosas, con negras. Oh, supongo que todos los niños han pasado por eso. Pero el beso desempeñaba en mis orgías imaginarias un papel más importante que el acto propiamente dicho... debo aclarar que le atribuía al beso un campo de acción muy amplio.

—Bien, bien —dijo rápidamente Aglaé—, ya sabemos una cosa: le gustaban las mujeres. ¿Y en qué se tradujo este hecho?

—No vaya usted tan aprisa —protestó Wolf—. Me reprimían... tantas cosas...

—¿Fueron realmente tantas? —dijo Héloïse.

—Una locura —suspiró Wolf—. Y tantas cosas estúpidas... fueran reales o simples pretextos. Sobre todo pretextos. Mis estudios, por ejemplo... intentaba convencerme a mí mismo de que eran más importantes.

—¿Y lo sigue creyendo? —dijo Aglaé.

—No —respondió Wolf—, pero no me hago ninguna ilusión. Si hubiera abandonado los estudios, ahora lo lamentaría tanto como lamento haberles dedicado demasiado tiempo. Y luego estaba el orgullo.

—¿El orgullo? —preguntó Héloïse.

—Cuando veo a una mujer que me gusta —dijo Wolf—, jamás se me ocurrirá decírselo. Puesto que considero que si yo la deseo, alguien debe de haberla deseado antes que yo... y me horroriza pensar que podría ocupar el lugar de alguien que, sin duda, es tan amable como yo.

—¿Y dónde ve el orgullo? —dijo Aglaé—. Mi querido amigo, en esto no veo otra cosa que modestia.

—Yo entiendo lo que quiere decir —explicó Héloïse—. Menuda idea, en efecto, pensar que si usted la deseaba otros tenían que haberla deseado también... era tomar su opinión por un juicio universal, y acordarle a su gusto una garantía de perfección.

—Y, sin embargo, lo pensaba —admitió Wolf—, y creía, a pesar de todo, que mi opinión era tan válida como la de otro.

—Se complacía en ello —dijo Héloïse.

—Es lo que le acabo de decir —dijo Wolf.

—¡Qué procedimiento tan extraño! —prosiguió Héloïse—. ¿Y no habría sido más fácil, si una mujer le gustaba, decírselo abiertamente?

—Llegamos con esto al tercero de mis motivos-pretextos para reprimirme —dijo Wolf—. Si encuentro a una mujer que me guste, mi primer impulso es, en efecto, decírselo abiertamente. Pero supongamos que le diga: «¿Quiere usted hacer el amor conmigo?». ¿Cuántas mujeres me contestarían con la misma franqueza? Si su respuesta fuera «sí» o «no», todo sería muy fácil... pero siempre contestan con evasivas... o se hacen las puritanas... o se ríen.

—Si una mujer le hace la misma pregunta a un hombre —protestó Aglaé—, ¿acaso éste reacciona con mayor honestidad?

—Un hombre siempre acepta —dijo Wolf.

—De acuerdo —dijo Héloïse—, pero no confunda la franqueza con la brutalidad... su manera de expresarse es un poco... brusca, en su ejemplo.

—Les aseguro —dijo Wolf— que la misma pregunta, formulada con la misma claridad, pero con mayor cortesía, que es lo que usted parece echar de menos, no obtendría tampoco una respuesta concreta.

—Es que hay que ser galante... —dijo Aglaé, coqueta.

—Oigan —dijo Wolf—, jamás he abordado a una desconocida, estuviera ella bien dispuesta o no, porque opino que tiene tanto derecho como yo a elegir,

172

por una parte, y por otra porque siempre me ha horrorizado la idea de hacer la corte a una persona según el procedimiento típico, que consiste en hablarle del claro de luna, del misterio de su mirada y de la profundidad de su sonrisa. Qué quieren que les diga, yo, en estos casos, pensaba en sus pechos, en su piel... o me preguntaba si, desnuda, resultaría ser una rubia auténtica. En cuanto a lo de ser galante... si se admite la igualdad entre la mujer y el hombre, basta con ser cortés, y no hay ninguna razón para tratar a una mujer con más cortesía que a un hombre. No, no son sinceras.

—¿Cómo podrían serlo, en una sociedad que las menosprecia?

—Es usted un insensato —le recriminó Aglaé—. Pretende usted tratarlas como habría que tratarlas si no estuvieran condicionadas por siglos de esclavitud.

—Puede ser que sean iguales a los hombres —dijo Wolf—, y eso pensaba yo cuando deseaba que eligieran como yo elegía, pero, por desgracia, están acostumbradas a otros métodos. No saldrán jamás de esta esclavitud si no empiezan por comportarse de otro modo.

—Todo aquel que empieza algo nuevo tiene que enfrentarse a muchas dificultades —dijo Aglaé, sentenciosa—; tuvo usted ocasión de comprobarlo cuando intentó tratarlas como las trató; y, sin embargo, tenía usted razón.

—Sí —dijo Wolf—. Todos los profetas cometen el mismo error: tener razón. La prueba es que los descuartizan.

—Pero tiene usted que reconocer —dijo Héloïse—

que, a pesar de su disimulo, que quizás sea real, pero que está, se lo repito, plenamente justificado, todas las mujeres son lo bastante sinceras como para hacerle comprender, llegado el caso, que usted les gusta...

—¿Ah, sí? —dijo Wolf—. ¿Y cómo lo hacen?

—Con la mirada —dijo Héloïse, lánguida.

Wolf soltó una risita seca.

—Perdóneme —contestó—, pero en la vida he podido leer mensaje alguno en una mirada.

Aglaé le miró con severidad.

—Diga más bien que no se ha atrevido —dijo, despreciativa—. O que ha tenido miedo.

Wolf, turbado, le devolvió la mirada. De pronto, la anciana le parecía ligeramente inquietante.

—Naturalmente —dijo, no sin esfuerzo—. A eso iba.

Suspiró.

—Otra de las muchas cosas que debo a mis padres —dijo—, es el miedo a las enfermedades. Sí, mi temor al contagio sólo era comparable a mis deseos de acostarme con todas las chicas que me gustaban. Es cierto que me reprimía, me cegaba con todos los motivos-pretextos de los que les hablaba; mi voluntad de no abandonar mi trabajo, mi temor a imponerme, mi repugnancia a cortejar con métodos despreciables a mujeres que me habría gustado tratar con franqueza; pero, en el fondo, lo que pasaba era que tenía un miedo horrible, debido a las leyendas con que mis padres, dándoselas encima de espíritus liberales, me arrullaron. Ya en la adolescencia me enumeraban los riesgos que corría.

—¿Y cuáles fueron las consecuencias? —dijo Héloïse.

—Las consecuencias fueron que permanecí casto en

contra de mis deseos —dijo Wolf—, y que, en el fondo, como ocurría cuando tenía siete años, mi cuerpo débil agradecía las prohibiciones, a las que se iba acomodando, mientras mi espíritu simulaba luchar contra ellas.

—Es usted igual en todo... —dijo Aglaé.

—En lo esencial —dijo Wolf—, los cuerpos físicos son todos más o menos parecidos, con reflejos y necesidades idénticos; a ello hay que añadir una suma de concepciones resultantes del ambiente, y que concuerdan más o menos con las necesidades y reflejos en cuestión. Claro que se puede intentar cambiar estas concepciones adquiridas, y a veces se consigue; pero a partir de cierta edad, también el esqueleto moral deja de ser maleable.

—Vaya —dijo Héloïse—, se está poniendo usted serio. Cuéntenos su primera pasión...

—Es una tontería, lo que me pide —observó Wolf—. Comprenda que, en estas condiciones, me era imposible sentir ninguna pasión. Ese juego de prohibiciones e ideas falsas me inducía, ante todo, a seleccionar más o menos conscientemente mis ligues en un medio social «conveniente» (es decir, con condiciones de educación equivalentes a las mías), un medio social en el que la chica que yo eligiera sería, casi con toda seguridad, sana y quizá virgen, y con la que yo podía pensar en casarme en caso de accidente... siempre la misma necesidad de seguridad que me inculcaron mis padres: un jersey de más no puede hacerte ningún daño. Mire, para que haya pasión, es decir una reacción explosiva, es necesario que la unión sea brutal, que uno de los cuerpos desee con avidez algo de lo que carece y que el otro posee en grandes cantidades.

—Mi querido muchacho —dijo Aglaé, sonriendo—, yo era profesora de química, y quiero hacerle recordar que se pueden producir reacciones en cadena, que empiezan muy lentamente, se van alimentando a sí mismas y pueden terminar de modo violento.

—Mis principios constituían un sólido conjunto de anticatalizadores —dijo Wolf, sonriendo a su vez—. En mi caso tampoco era posible una reacción en cadena.

—Entonces, ¿no hubo pasión? —dijo Héloïse, visiblemente decepcionada.

—Conocí a mujeres —dijo Wolf—, por las que habría podido apasionarme; antes de mi matrimonio me lo impidió mi miedo reflejo. Después, era pura apatía... tenía un motivo más... el miedo a causar dolor. Bonito, ¿no? Era como un sacrificio. ¿A quién? ¿Para quién? ¿A quién beneficiaba? A nadie. En realidad, no se trataba de un sacrificio, sino de una solución fácil.

—Es cierto —dijo Aglaé—. Su mujer. Háblenos de ella.

—Oh, mire —dijo Wolf—, después de lo que les he contado, es fácil adivinar las condiciones de mi matrimonio y sus características...

—Es fácil —dijo Aglaé—, pero nos gustaría que lo hiciera usted. Estamos aquí por usted.

—Bueno —dijo Wolf—. De acuerdo. ¿Las causas? Me casé porque mi cuerpo me pedía una mujer; porque mi aversión a mentir y a hacer la corte me obligaba a casarme a una edad en la que aún pudiera atraer físicamente; porque conocía a una mujer a la que creí amar, una mujer de educación, opiniones y características adecuadas. Me casé con un desconocimiento casi absoluto de las mujeres. ¿Y cuál fue el resultado? La falta de pasión, la exasperante lentitud de la iniciación de una mujer demasiado virgen, el hastío por mi parte... cuando ella empezó a interesarse, yo ya estaba demasiado cansado para hacerla feliz; demasiado cansado de esperar, sin ninguna lógica, emociones violentas. Era hermosa, ella. Y yo la quería, le deseaba toda clase de bienes. Pero esto no basta. Y no pienso decir nada más.

—¡Oh! —dijo Héloïse—. Con lo bonito que es hablar de amor...

—Sí, puede ser —dijo Wolf—. Ustedes son muy comprensivas, pero de todos modos no me parece correcto hablar de estas cosas con señoritas. Si me lo permiten, iré a bañarme. Les presento mis respetos.

Dio media vuelta y se fue hacia la orilla. Se sumergió mar adentro, y abría los ojos en el agua turbia de arena.

Cuando volvió en sí, estaba solo en medio de la hierba roja del Cuadrado. A su espalda se abría, siniestra, la puerta de la cabina.

Se puso pesadamente en pie, se quitó el equipo y lo guardó en el armario que estaba junto a la cabina. En su cabeza no quedaba nada de lo que había visto. Estaba desequilibrado, como borracho. Por primera vez, se preguntó si iba a poder seguir viviendo después de haber destruido todos sus recuerdos. No fue más que una idea fugaz, que le duró apenas un instante. ¿Cuántas sesiones necesitaría aún?

32

Percibió un vago tumulto procedente de la casa cuando el techo se levantó para caer un poco más abajo. Caminaba sin pensar en nada, sin ver nada. Tenía solamente la sensación de que estaba esperando algo, algo que iba a pasar muy pronto.

Cuando estuvo más cerca, reparó en el extraño aspecto de la casa y en la desaparición de la mitad del segundo piso.

Entró. Lil estaba allí, ocupada en cosas sin importancia.

Acababa de bajar.

—¿Qué pasa? —preguntó Wolf.

—Ya ves... —dijo Lil en voz baja.

—¿Dónde está Lazuli?

—Ya no existe —dijo Lil—. Y con él ha desaparecido su habitación, es todo lo que sé.

—¿Y Folavril?

—Está descansando en la nuestra. No la molestes, está muy afectada.

—Lil, ¿qué es toda esta historia? —dijo Wolf.

—Oh, no lo sé —dijo Lil—. Se lo preguntas a Folavril cuando esté en condiciones de responderte.

—¿Pero no te ha explicado nada? —insistió Wolf.

—Sí —dijo Lil—, pero no la he entendido. Se ve que soy tonta.

—No digas eso —dijo Wolf, cortésmente.

Guardó silencio un instante.

—¿Será que el individuo ese le estaba mirando —dijo Wolf—, y entonces él se ha puesto nervioso y se ha peleado con ella?

—No —dijo Lil—. Lazuli ha luchado con él, y se ha matado al caer sobre su cuchillo. Folavril dice que se lo ha clavado a propósito, pero estoy segura de que ha sido un accidente. Parece ser que había montones de hombres, todos iguales que Lazuli, y que han desaparecido cuando él ha muerto. Es una historia tan increíble que podrías dormirte de pie escuchándola.

—Todos estamos de pie —dijo Wolf—, y tendríamos que aprovecharlo para algo. Para dormir, por ejemplo.

—Y cayó un rayo en su habitación —dijo Lil—, y todo desapareció con él.

—¿Y Folavril no estaba allí?

—Había bajado a pedir ayuda —dijo Lil.

Wolf pensó que los rayos hacían cosas muy raras.

—Los rayos hacen cosas muy raras —dijo.

—Sí —dijo Lil.

—Me acuerdo —dijo Wolf— de un día que fui a la caza del zorro: hubo una tormenta y el zorro se transformó en lombriz.

—Ah... —dijo Lil, sin prestar atención.

—Y otra vez —dijo Wolf—, en una carretera, un hombre quedó completamente desnudo y pintado de azul. Y además había cambiado de forma. Parecía un coche. Y si te subías funcionaba.

—Sí —dijo Lil.

Wolf se calló. Lazuli ya no existía. De todos modos, él tendría que seguir: las cosas no habían cambiado. Lil había extendido un mantel sobre la mesa y ahora abría el armario donde tenía la vajilla. Cogió platos y vasos y dispuso el cubierto.

—Dame la ensaladera de cristal —dijo.

Lil apreciaba muchísimo esa pieza. Era grande, de cristal transparente y trabajado, bastante pesada.

Lil estaba terminando de colocar los vasos. Wolf se agachó y cogió la ensaladera. La levantó a la altura de sus ojos y se situó frente a la ventana para ver, al trasluz, los reflejos multicolores. Luego se cansó y la soltó. La ensaladera cayó al suelo con estrépito agudo y quedó reducida a un polvo blanco y crujiente.

Lil, atónita, miró a Wolf.

—Me da igual —dijo éste—. Lo he hecho a propósito, y acabo de descubrir que me da igual. Aunque te sepa mal. Sé que estás muy disgustada, pero a pesar de ello yo no siento nada. De modo que me voy. Ya va siendo hora.

Salió sin volverse. Lil vio pasar por la ventana la parte superior de su busto.

Se le había embotado el alma y no hizo ningún movimiento para detenerle. Y, de repente, cristalizaba en ella una lúcida comprensión. Se iría de la casa con Folavril. Se irían las dos solas.

—En realidad —dijo en voz alta—, no están hechos para nosotras. Están hechos para ellos mismos. Y nosotras para nadie.

Dejaría a Marguerite, la criada, para que cuidara de Wolf.

Si volvía.

33

Cuando la puerta de la cabina se hubo cerrado tras él, Wolf sintió que una angustia terrible le oprimía; jadeaba, el aire endurecido penetraba apenas en sus ávidos pulmones; un cerco de hierro se estrechaba en torno a sus sienes. Le pasaron por la cara unos hilos ligeros y, de repente, se encontró en el agua cargada de arena de la playa. Por encima vio la membrana azul del aire, y nadó desesperadamente; una silueta enfundada en seda blanca le rozó. Por un reflejo elemental, se pasó la mano por los cabellos antes de salir a la superficie. Emergió chorreante y ya casi sin aire; frente a él, vio la sonrisa y los cabellos rizados de una chica morena a la que el sol había dado color de oro oscuro. Nadaba a rápidas brazadas hacia la orilla; Wolf dio media vuelta y la siguió. Advirtió que las dos viejas ya no estaban allí. Sin embargo, a poca distancia, en medio de la playa, vio una pequeña garita en la que no había reparado hasta entonces. Se ocuparía de ella más tarde. Hizo pie en el suelo amarillo y se acercó a la chica. Estaba arrodillada en la arena, desabrochándose el bañador por la espalda para tomar mejor el sol. Wolf se dejó caer a su lado.

—¿Dónde está su placa de cobre? —preguntó.

Ella extendió su brazo izquierdo.

—La llevo en la muñeca —dijo—. Es menos oficial. Me llamo Carla.

—¿Viene para terminar la entrevista? —preguntó Wolf, con un dejo de amargura.

—Sí —dijo Carla—. Quizá me diga usted a mí lo que no ha querido decirles a mis tías.

—¿Esas dos mujeres eran tías suyas? —preguntó Wolf.

—Se les ve en la cara —dijo Carla—. ¿No le parece?

—Son unas pesadas insoportables —dijo Wolf.

—Vaya —dijo Carla—, en otros tiempos era usted más afectuoso.

—Son unas viejas guarras —dijo Wolf.

—¡Oh! —dijo Carla—. Exagera usted. No le han preguntado nada indecente...

—Se morían de ganas —dijo Wolf.

—¿Quién es entonces merecedor de su afecto? —preguntó Carla.

—Ya no lo sé —dijo Wolf—. Había un pájaro, en el rosal trepador de mi ventana, que me despertaba todas las mañanas dando golpecitos en el cristal con el pico. Había un ratón gris que por las noches se paseaba a mi alrededor y se comía el azúcar que le dejaba en la mesilla de noche. Había una gata negra y blanca que no se separaba de mí y que iba a avisar a mis padres si yo me subía a un árbol demasiado alto...

—Sólo animales —contestó Carla.

—Es la razón por la que quise hacer feliz al senador —explicó Wolf—. Por el pájaro, el ratón y el gato.

—Dígame —preguntó Carla—, ¿no le apenaba, cuando estaba enamorado de una chica... quiero decir cuando sentía alguna pasión... no poseerla?

184

—Me apenaba —dijo Wolf—, pero luego dejó de ser así, porque pensé que era mezquino sentir un dolor que no llevara a la muerte, y ya estaba harto de ser mezquino.

—Se resistía usted a sus deseos —dijo Carla—. Es curioso... ¿por qué no se dejaba llevar?

—Mis deseos ponían siempre en juego a alguien más —dijo Wolf.

—Y, claro está, usted no ha sabido nunca leer en una mirada.

La miraba, tan cerca de él, fresca, dorada, pestañas rizadas que daban sombra a sus ojos amarillos. A esos ojos en los que ahora leía como en un libro abierto.

—El libro —dijo para deshacerse de la atracción que sentía— no tiene por qué estar escrito en un idioma que uno entiende.

Carla se rió sin volver la cabeza; su expresión había cambiado. Ahora era ya demasiado tarde. Evidentemente.

—Siempre pudo usted resistirse a sus deseos —dijo—. Y sigue pudiendo. Por eso morirá usted decepcionado.

Se levantó, se desperezó y entró en el agua. Wolf la siguió con la mirada hasta el momento en que su cabeza morena desapareció bajo el azul del mar. No entendía nada. Esperó un poco. No volvió a salir.

Se levantó a su vez, atónito. Pensaba en Lil, su mujer. ¿Qué había sido para ella, sino un extraño, un muerto en vida?

Wolf caminaba, lánguido, por la blanda arena. Vacío, decepcionado de sí mismo. Iba con los brazos colgando, sudando bajo el sol atroz. Una sombra se dibujaba ante él. La sombra de una garita. Se refugió en ella. La garita estaba horadada por una ventanilla detrás de la cual descubrió a un funcionario decrépito, con sombrero de paja amarilla, cuello duro y una pequeña corbata negra.

—¿Qué hace usted aquí? —preguntó el viejo.

—Espero a que me interrogue —dijo Wolf maquinalmente, apoyándose en la ventanilla.

—Tiene que pagarme la tarifa —dijo el funcionario.

—¿Qué tarifa? —preguntó Wolf.

—Se ha bañado usted, o sea que tiene que pagar la tarifa.

—¿Con qué? —dijo Wolf—. No tengo dinero.

—Tiene que pagarme la tarifa —repitió el otro.

Wolf se esforzó por reflexionar. La sombra de la garita era un alivio. Este sería, sin duda alguna, el último interrogatorio. O el penúltimo, al diablo con el plan.

—¿Cómo se llama usted? —preguntó.

—¿Y la tarifa? —preguntó el otro a su vez.

Wolf se echó a reír.

—No hay tarifa que valga —dijo—. Si quiero me marcho sin pagar.

—No —dijo el otro—. No está usted solo. Todo el mundo paga la tarifa, y hay que hacer lo que todo el mundo.

—¿Usted para qué sirve? —preguntó Wolf.

—Para cobrar la tarifa —dijo el viejecito—. Cumplo con mi trabajo. ¿Ya ha cumplido usted con el suyo? ¿Para qué sirve, usted?

—Me basta con existir... —dijo Wolf.

—De ninguna manera... —respondió el viejo—. Hay que trabajar.

Wolf empujó violentamente la garita, que no se sustentaba muy bien.

—Oiga —dijo Wolf—, antes de irme. Los últimos capítulos del plan están muy bien, pero se los regalo. Voy a cambiar unas cuantas cosas.

—Trabajar —repitió el viejo—. Necesario.

—Si no hay trabajo no hay paro —dijo Wolf—. ¿Es verdad o no es verdad?

—La tarifa —dijo el viejo—. Pague la tarifa. No interprete el asunto a su manera.

Wolf rió con sarcasmo.

—Voy a dejarme llevar por mis instintos —dijo, enfático—. Por primera vez. No, no es cierto, será la segunda vez. La primera rompí una ensaladera de cristal. Va a ver usted cómo se desata una de las pasiones que han dominado mi existencia: el odio a lo inútil.

Apuntaló los pies en el suelo, hizo un violento esfuerzo y volcó la garita. El viejecito seguía sentado en su silla con su sombrero de paja.

—Mi garita —dijo.

—Su garita está por los suelos —respondió Wolf.

—Esto le traerá problemas —dijo el viejo—. Voy a hacer un informe.

La mano de Wolf se abatió sobre la base del cuello del viejo, que gimió. Wolf le obligó a levantarse.

—Venga —dijo—. Vamos a hacer el informe juntos.

—Déjeme —protestó el viejo, forcejeando—. Déjeme en paz inmediatamente o llamo a alguien.

—¿A quién? —preguntó Wolf—. Venga conmigo. Caminemos un poco. Cada uno tiene que cumplir con su trabajo. El mío es, por lo pronto, llevármelo a usted de aquí.

Avanzaban por la arena. Los dedos de Wolf se crispaban como zarpas en el cuello del encorvado viejo, cuyos botines tropezaban con frecuencia. Un sol de plomo caía como una mole sobre Wolf y su compañero.

—Por lo pronto, llevármelo —repitió Wolf—. Luego... tirarle al suelo.

Así lo hizo. El viejo gemía de miedo.

—Porque es usted un inútil —dijo Wolf—. Y me molesta. Y ahora voy a deshacerme de todo lo que me molesta. De todos los recuerdos. De todos los obstáculos. En vez de doblegarme, de hacer esfuerzos de superación, de embrutecerme... de desgastarme... Me horroriza desgastarme con todo eso... porque me desgasto, ¡entérese! —aulló—. Soy más viejo que usted.

Se arrodilló junto al viejo, que le miraba con ojos de terror, abriendo las mandíbulas como pez fuera del agua. Y entonces cogió un puñado de arena y lo introdujo en la boca desdentada.

—Uno por la infancia —dijo.

El viejo escupió, babeó y se atragantó.

Wolf cogió un segundo puñado.

—Uno por la religión.

Al tercero, el viejo empezaba a palidecer.

—Uno por los estudios —dijo Wolf—. Y uno por el amor. Y por Cristo que se lo traga todo.

Con la mano izquierda clavó al suelo al miserable desecho, que se ahogaba ante él emitiendo borborigmos apagados.

—Y otro más —dijo, remedando a Monsieur Perle—, por su actividad en cuanto célula de un cuerpo social...

Su mano derecha, cerrada en un puño, apretó la arena por entre las encías de su víctima.

—En cuanto a la última —concluyó Wolf—, la reservo para sus eventuales inquietudes metafísicas.

El otro había dejado de moverse. El último puñado de arena se esparció por su cara ennegrecida, amontonándose en las cuencas profundas, cubriendo los ojos inyectados en sangre, desorbitados. Wolf le miraba.

—Qué más solo que un muerto... —murmuró—. Pero ¿qué más tolerante? ¿Qué más estable... eh, Monsieur Brul... y qué más amable? ¿Qué más adaptado a su función... más libre de toda inquietud?

Se interrumpió y se levantó.

—El primer paso consiste en deshacerse de lo que a uno le molesta —dijo—, y convertirlo en cadáver. Es decir, en algo perfecto, porque no hay nada más perfecto ni más acabado que un cadáver. Es lo que se llama una operación fructífera. Dos pájaros de un tiro.

Wolf caminaba, y el sol había desaparecido. Del suelo brotaba una bruma lenta, que se arrastraba en grises jirones. Pronto dejó de verse los pies. Sintió que el suelo se endurecía, hasta dar paso a la roca viva.

—Un muerto —proseguía Wolf— está bien. Está completo. No tiene memoria. *Está acabado.* No se está completo hasta que se está muerto.

El suelo se inclinaba en una empinada pendiente. Ahora corría viento, y se disipó la bruma. Wolf, encorvado, luchaba y seguía trepando, ayudándose con las manos para avanzar. Era ya casi de noche, pero distinguió por encima de él una muralla de roca cortada a pico a la que se aferraban hierbas trepadoras.

—Claro que bastaría con esperar para olvidar —dijo Wolf—. También se conseguiría. Pero pasa lo de siempre... hay gente que no puede esperar.

Estaba casi pegado a la pared vertical y ascendía lentamente. Se enganchó una uña en una hendidura de la roca. Retiró la mano de un golpe seco. Le empezó a sangrar el dedo, y en el interior la sangre latía precipitadamente.

—Y cuando no puede esperar —dijo Wolf—, y cuando uno se molesta a sí mismo, ya tiene el motivo y la excusa, y si se deshace entonces de lo que le molesta... de sí mismo... alcanza la perfección. Un círculo que se cierra.

Sus músculos se contraían en esfuerzos insensatos, y seguía subiendo, pegado a la pared como una mosca. Plantas de afiladas garras desgarraban su cuerpo por todos lados. Jadeando, agotado, Wolf se acercaba a la cumbre.

—Un fuego de enebro... en una chimenea de ladrillos pálidos... —alcanzó a decir.

En ese momento llegó a la cima de la pared rocosa y sintió, como en sueños, el frío de la cabina de acero en sus dedos y el azote del viento en su cara. Desnudo en el aire helado, temblaba, y le castañeteaban los dientes. Una ráfaga más violenta estuvo a punto de hacerle perder pie.

—Cuando yo quiera... —gruñó, apretando los dientes—. Siempre he sabido resistir a mis deseos...

Abrió las manos, su rostro se apaciguó y sus músculos se relajaron.

—Pero muero por haberlos agotado...

El viento lo arrancó de la cabina, y su cuerpo cayó remolineando por los aires.

34

—¿Qué —dijo Lil—, hacemos las maletas?

—Hagámoslas —dijo Folavril.

Estaban sentadas en la cama, en la habitación de Lil. Tenían aspecto de cansadas. Las dos.

—Y a partir de ahora, basta de hombres serios —dijo Folavril.

—Sí —dijo Lil—. A partir de ahora, sólo frívolos redomados. Que sepan bailar, que vistan bien, que vayan bien afeitados y que lleven calcetines de seda de color rosa.

—Para mí de color verde —dijo Folavril.

—Y coches de veinticinco metros de largo.

—Sí —dijo Folavril—. Y haremos que se arrastren.

—De rodillas. Y cuerpo a tierra. Y nos comprarán visones, y puntillas, y joyas, y criadas.

—Con delantales de organdí.

—Y no los querremos —dijo Lil—. Y haremos que se den cuenta. Y no les preguntaremos nunca de dónde sale su dinero.

—Y si son inteligentes —dijo Folavril—, los plantamos

—Será maravilloso —se admiró Lil.

Se levantó y salió un momento. Volvió con dos maletas enormes.

—Ten —dijo—. Una para cada una.

—Pero si yo no tengo con qué llenarla —aseguró Folavril.

—Yo tampoco —admitió Lil—, pero impresionan. Y si no están llenas tanto mejor, pesarán menos.

—¿Y Wolf? —preguntó de pronto Folavril.

—Lleva dos días fuera —dijo Lil, con perfecta calma—. No volverá. Además, ya no lo necesitamos.

—Mi sueño —dijo Folavril, pensativa—, mi sueño dorado es casarme con un pederasta cargado de dinero.

El sol estaba ya alto cuando Lil y Folavril salieron de la casa. Iban las dos muy bien vestidas. Quizás un poco llamativas, pero con gusto. Al final, habían dejado las maletas, demasiado pesadas, en la habitación de Lil. Mandarían a alguien a buscarlas.

Lil llevaba un vestido de lana azul malva ajustado al pecho y a las caderas; un largo corte a un lado de la falda ponía al descubierto las medias de color gris humo. Zapatos azules con un lazo, un gran bolso de ante del mismo color y un manojo de plumas prendido en sus rubios cabellos completaban su atuendo. Folavril llevaba un traje sastre negro, muy clásico, y una blusa de espumosa chorrera, amén de largos guantes negros y un sombrero negro y blanco. Era difícil que pasaran inadvertidas; pero en el Cuadrado sólo estaba la máquina, siniestra en el cielo vacío.

Pasaron cerca, movidas por un último impulso de curiosidad. La fosa a la que habían ido a parar los recuerdos abría su boca oscura; inclinándose, vieron que un líquido oscuro la llenaba casi por completo. En el metal de los montantes empezaban a ser visibles las huellas de la corrosión, extrañamente profundas. En el terreno que Wolf y Lazuli habían despejado para instalar la máquina empezaba a crecer de nuevo la hierba roja.

—No durará mucho tiempo —dijo Folavril.

—No —dijo Lil—. Otra cosa en la que habrá fracasado.

—Puede que haya conseguido lo que quería —observó Folavril, ausente.

—Sí —dijo Lil, distraída—. Puede ser. Vámonos.

Reemprendieron el camino.

—Vamos a ir a algún espectáculo, tan pronto como lleguemos —dijo Lil—. Hace meses que no salgo.

—¡Oh, sí! —dijo Folavril—. Tengo realmente ganas. Y luego nos buscaremos un bonito apartamento.

—¡Dios mío! —dijo Lil—. ¿Cómo hemos podido vivir tanto tiempo con hombres?

—Ha sido cosa de locos —admitió Folavril.

Sus tacones repiquetearon sobre el asfalto de la carretera cuando hubieron franqueado el muro del Cuadrado. El vasto cuadrilátero seguía desierto, y la gran máquina de acero se iba desmoronando lentamente, a merced de las tempestades del cielo. A pocos centenares de pasos hacia el oeste yacía el cuerpo de Wolf, desnudo y casi intacto. Su cabeza, doblada sobre el hombro en un ángulo inverosímil, parecía independiente del torso.

Nada había podido quedar en sus ojos abiertos. Estaban vacíos.

Colección Andanzas